NINO
der kleine
MUSIKANT

Bibliografische Information der Deutschen Nationalbibliothek.
Die Deutsche Nationalbibliothek verzeichnet diese Publikation in
der Deutschen Nationalbibliografie; detaillierte bibliografische
Daten sind im Internet über http://dnb.d-nb.de abrufbar.

Impressum
2019

© **Autor:** Syna Ester
© **Cover:** Syna Ester
© **Fotos:** Syna Ester

Herstellung und Verlag:
BoD- Books on Demand, Norderstedt

ISBN: 9-783734793486

Mandolinen des Süden

von

Syna Ester

Nino kauerte sich in eine dunkle Ecke und hielt seine Mandoline fest in seinen kleinen, dünnen Armen. Trotz der Wärme war ihm kalt und der Hunger plagte ihn. Er hatte den ganzen Tag auf der Mandoline gespielt und gesungen. Er sah, dass es die Menschen berührte und sie stehen blieben, aber niemand hatte auch nur eine Lira für ihn; seine Mütze blieb auch heute leer. Einsamkeit machte sich in ihm breit und Tränen liefen über sein Gesicht. Er wischte sie mit dem Ärmel seines Hemdes ab. Warum war er alleine zurückgeblieben?

Er vermisste seine Mutter und seinen Vater. Warum konnten sie ihn nicht mitnehmen als sie gingen?

Doch, dorthin, wo sie jetzt waren, konnten sie ihn nicht mitnehmen.

Sie hatten zwar den Unfall überlebt, aber sie konnten die Kosten für das Krankenhaus nicht bezahlen. Sie flohen und ließen Nino zurück. Wochenlang lag Nino im Krankenhaus und als es ihm besser ging, erzählten sie ihm, dass seine Eltern nicht mehr lebten. Sie konnten ihm die Wahrheit nicht sagen. Man hatte versucht, Angehörigen von Nino ausfindig zu machen; aber jegliche Suche war erfolglos und so hatten sie das Kinderheim kontaktiert, damit er dort bleiben konnte. Sie konnten ihn doch nicht sich selbst überlassen. Die Ärzte sagten es ihm und gaben ihm seine Mandoline, die er von seinem Vater bekommen hatte. Von ihm hatte er das spielen auf der Mandoline gelernt.

Nino wollte auf keinen Fall in dieses Kinderheim.

So nahm er die Mandoline und schlich sich heimlich davon. Er war immer frei und er war mit seinen Eltern von Ort zu Ort gezogen. Sein Vater spielte auf der Mandoline und seine Mutter sang dazu. Damit hatten sie sich immer ein wenig Geld verdienen können. Es war ein hartes, aber freies Leben; sie waren eine kleine glückliche Familie.
Nun gab es das alles nicht mehr.

Vor Hunger und Erschöpfung war Nino eingeschlafen.
Er erwachte erst wieder, als er etwas feuchtes in seinem Gesicht spürte. Nino öffnete die Augen und genau über ihm war einer der vielen Straßenhunde und leckte ihm über das Gesicht. Er erschrak, denn manche dieser Hunde waren nicht gerade freundlich und konnten ziemlich giftig werden.

Doch dieser Hund schien ihm gut gesonnen und so streichelte Nino ihm über den Kopf. Der Hund setzte sich neben ihn und man konnte merken, dass er die sanften Berührungen genoss.

Nino sprach mit dem Hund und dieser wedelte mit seinem Schwanz. Auf einmal fühlte er sich nicht mehr so allein und er beschloss, dem Hund einen Namen zu geben. Von nun an würde er ihn Moro nennen; falls er bei ihm blieb. Eine Weile saßen sie dicht beieinander und vertieften ihre neue Freundschaft.

Die Sonne stand bereits hoch am Himmel und es war wieder ein heißer Tag.

Ninos Magen knurrte fürchterlich und sein neuer Freund sah auch aus, als ob er lange nicht mehr genug zu essen hatte. So stand er auf, nahm seine Mandoline und ging aus dem sicheren Schutz seines Unterschlupf auf die Straße. Die Sonne blendete ihn und er hielt sich die Hand vor die Augen. Sein neuer Freund blieb an seiner Seite und sie gingen beide zur Promenade; dort wollte er heute spielen.

Es war angenehmer dort am Wasser, da vom Meer immer ein leichter Wind wehte. Am späten Nachmittag würde er dann sein Glück noch einmal an der Hauptstraße probieren. Nino und Moro waren an der Promenade angekommen und Nino suchte für sie beide einen schattigen Platz unter einer der Palmen. Er nahm seine Mandoline in die Hand und begann zu spielen.

Moro lag zu seinen Füßen.

Die Menschen hatten es auf einmal

nicht mehr so eilig, denn, sie blieben stehen, um seinem Spiel zu lauschen. Nino spielte eine ergreifende Weise und als er dann auch noch dazu sang, fiel die erste Münze in seine Mütze. Er dankte es mit einem Lächeln; es schien, als ob Moro ihm Glück bringen würde. Sogar die Carabinieri jagten ihn heute nicht fort und bevor sie gingen, warfen sie ihm eine Münze zu.

Die ganze Zeit lag Moro zu seinen Füßen und rührte sich nicht. Fast schien es, dass auch er gefallen an der Musik hatte. Nino wollte nur noch ein Stück spielen, denn es war Zeit für die Siesta und die Leute gingen nach Hause. Als er geendet hatte, nahm er seine Mütze und zählte, die Münzen, die er bekommen hatte. Seine Freude war groß. So viel Geld hatte er noch nie bekommen und so konnte er für sich und Moro etwas zu essen kaufen. Es war genug Geld zusammen gekommen, damit er sich auch eine Flasche Limonade kaufen konnte. Moro konnte das Wasser aus dem Brunnen trinken. Sie suchten sich ein Plätzchen und aßen in aller Ruhe. Nino fühlte sich, für einen Augenblick, sehr glücklich. In den letzten Wochen, nachdem er aus aus dem Krankenhaus geflüchtet war, hatte er sehr viel Hunger erleiden müssen. Er war schon immer sehr dünn, aber jetzt war er nur noch Haut und Knochen. Seine großen Augen erschienen noch größer und dunkler als sonst. Sein Bauch war voll und Moro schien auch zufrieden zu sein und so suchten sie sich einen geschützten Platz, wo sie Siesta halten konnten. Zufrieden schliefen sie ein. Die Straßen waren menschenleer und die

Sonne brannte vom Himmel. Ruhe lag über dem Ort.

Als Nino wieder erwachte, war es bereits später Nachmittag. Wenn er heute noch etwas Geld verdienen wollte, musste er sich beeilen um in die Hauptstraße zu kommen. Er nahm seine Mandoline und ging los. Moro blieb an seiner Seite.

In der Hauptstraße angekommen, ging er sofort zu dem Brunnen, an dem alle Leute vorbei kamen.

Er begann zu spielen.....

Es dauerte nicht lange bis sich einige Leute um ihn versammelt hatten, um seinem ergreifenden Spiel zu lauschen. Der Klang der Mandoline erfüllte die Luft und jedes mal, wenn er ein Stück beendet hatte, bekam er Lob und Beifall. Das war vorher auch so und trotzdem hatten sie keine einzige Lira für ihn übrig gehabt. Doch heute war alles anders. Ein Mann ging auf ihn zu und legte einen Schein in seine Mütze.

„Bravo, mein Junge, dein Spiel war ausgezeichnet. Ich habe selten jemanden so spielen gehört. Deine Mandoline lachte und weinte zugleich", sagte er zu Nino und ging. Nach dem Mann gaben ihm noch einige andere Menschen ein paar Münzen. Nino freute sich so sehr und er umarmte Moro.

War er es, der ihm Glück gebracht hatte?

Nino steckte die vielen Münzen und den Schein in seine Hosentasche, nahm seine Mandoline und machte sich mit Moro auf den Weg zu seinem Unterschlupf. Heute brauchten sie nichts mehr zu essen. Ihre Bäuche waren noch voll von der Mahlzeit am

Mittag. Sie legten sich auf die Erde und schliefen auch sofort ein.

Es war die erste Nacht, nach dem Tod seiner Eltern, in der er nicht von Albträumen geplagt wurde und die Nähe von Moro trug sicherlich ihr übriges dazu bei, dass er ruhig schlief. Moro war ein großer Hund, der genauso zerlumpt aussah, wie er. Sein schwarzes Fell war ungepflegt und auch er war bis auf die Knochen abgemagert. Sie passten gut zusammen, der kleine Vagabund und der schwarze Hund.

Nino wurde erst durch das knurren des Hundes geweckt. Was war das, warum knurrte Moro? Irgendjemand war in der Nähe oder schlich um den Unterschlupf herum. Vorsichtig blickte Nino nach draußen, doch er konnte niemanden sehen.

„Ruhig, Moro", sagte er zu dem Hund, doch dieser knurrte weiter und sogar seine Nackenhaare standen steil nach oben.

Nino verhielt sich ganz still und blickte nach draußen, als auf einmal ein Mann vor dem Unterschlupf auftauchte.Er kehrte ihnen den Rücken zu und Nino konnte Moro gerade noch festhalten, als dieser sich auf den Mann stürzen wollte. Der Mann musste Moros knurren gehört haben. Er blieb vor dem Unterschlupf stehen und auf einmal hörte Nino ihn sagen:

„Kommt raus, ich will euch nichts tun. Ihr seid hier auf meinem Land und ich habe es gestern wohl bemerkt, dass ihr hier Unterschlupf gesucht habt; es war spät und da wollte ich nicht mehr mit dir reden mein Junge".

Nino griff seine Mandoline und ging

raus zu dem Mann. Moro war ihm gefolgt. Der Mann hatte freundliche Augen und so legte sich die Angst in Nino vor dem Unbekannten ein wenig. Doch, sicher war er noch nicht, hatte er doch schon so viel Schlechtes erlebt, seitdem er allein auf der Straße lebte. Der Mann sprach weiter freundlich mit ihm und nun kam auch noch eine Frau daher. Der Mann sagte, dass es sich um seine Frau handelt, die etwas Essen für Nino und den Hund bringt. Es mussten gute Menschen sein, dachte Nino bei sich und er lächelte den Mann freundlich an. Nun war die Frau auch bei ihnen und begrüßte Nino; sogar Moro wurde von ihr gestreichelt. Sie breitete die mitgebrachte Decke aus und legte die Sachen aus dem Korb darauf. Dann deutete sie Nino sich zu setzen und sie und ihr Mann setzten

sich auch auf die Decke. Moro blieb an der Seite von Nino; er beschützte ihn.
So viele leckere Sachen lagen da vor Nino. Er traute seinen Augen nicht und wagte nicht, davon zu nehmen. Die Frau sah es und belegte ihm ein Brot mit frischen Tomaten und tröpfelte von dem Olivenöl darüber. Dann reichte sie es Nino. Für Moro hatte sie die Reste von der Pasta, die sie gestern Abend gegessen hatten, mitgebracht. Gierig verschlang der Hund die Mahlzeit und im Nu war der Napf leer. Nun goss ihm der Mann Wasser in den Napf, damit er seinen Durst löschen konnte. Für Nino hatte die Frau frische Milch mitgebracht. Das war ungewohnt für ihn, hatte er doch von seinen Eltern immer etwas von dem Kaffee bekommen, den sie mit Wasser verdünnten. Aber die Milch schmeckte

ihm und dankbar trank er noch ein zweites Glas davon, dass die Frau ihm eingeschenkt hatte.

Sie stellten ihm keine Fragen und als Nino sein Brot gegessen hatte, wollten sie gehen.

Nino bat sie noch zu bleiben. Er nahm seine Mandoline und fing an zu spielen. Als die ersten Töne erklangen griff die Frau nach der Hand ihres Mannes und sie hatte Tränen in den Augen. Auch ihr Mann war sichtlich berührt von seinem Spiel.

Erinnerte es sie beide doch an so vieles in ihrem Leben.

Nino hatte sein Spiel beendet und die Frau sagte, dass sie nun gehen müssen. Morgen früh wollten sie wieder kommen um mit ihm gemeinsam zu frühstücken.

Du bist hier sicher, sagte der Mann

noch zu Nino und die Beiden gingen davon. Nino konnte sein Glück gar nicht fassen. Sonst war er immer hungrig losgezogen und heute hatte er sich vor seiner Arbeit bereits satt gegessen. Es kam ihm wie ein Traum vor. Aber, es war kein Traum, denn er hatte den Geschmack von dem frischen Brot noch im Mund und sein Magen knurrte auch nicht.

Er machte sich mit Moro auf den Weg zur Hauptstraße und hoffte, dass der Mann und die Frau ihr Versprechen halten und morgen wieder kommen.

Die Sonne stand schon fast senkrecht am Himmel und viel Zeit zum spielen blieb ihm, vor der Siesta, nicht mehr. Die Hitze war wieder unerträglich und Nino lief der Schweiß nur so am Körper herunter. Auch Moro hechelte und war durstig. Beide tranken aus dem Brunnen bevor sie sich in den Schatten einer der vielen Palmen, die rings um die Piazza bei der Hauptstraße standen, setzten. Nino stimmte seine Mandoline und dann begann zu spielen. Viele gingen vorbei; aber sie blieben nicht stehen. Vielleicht, weil es so furchtbar heiß heute war oder es kurz vor der Siesta war; er wusste es nicht. Jedenfalls blieb seine Mütze leer und er war froh, dass er gestern soviel Geld bekommen hatte, sodass er für sich und Moro etwas zu essen kaufen, bevor sie heute Abend zu ihrem Unterschlupf gingen. Jetzt brauchten sie nichts; sie hatten ja beide ausgiebig gefrühstückt. Als niemand mehr vorbei kam, gingen sie noch einmal zum Brunnen um zu trinken und legten sich dann wieder unter die Palme um auch Siesta zu halten.

Nino döste so vor sich hin und dachte an das, was er seit gestern erlebt hatte. Ab und an riss ihn das laute Schnarchen von Moro aus seinen Gedanken und er musste lachen. Für einen winzigen Augenblick dachte er nicht an seine Eltern und daran, dass er ganz allein auf dieser Welt war.

Er streichelte Moro und hing weiter seinen Gedanken nach. Wer waren diese Leute, die ihm heute früh etwas zu essen gebracht hatten? Wer war der Mann, der ihm gestern einen Schein in die Mütze gelegt hatte? Er musste etwas von Musik verstehen, denn er hatte zu ihm gesagt, dass er selten jemanden so spielen gehört hat. So vieles ging Nino im Kopf herum. Doch auf einmal war der Gedanke an seine Eltern wieder da und sofort verflog seine Leichtigkeit. Sein Herz krampfte sich zusammen und er fing an zu weinen. Moro merkte es instinktiv und leckte ihm die Tränen vom Gesicht. Nino umarmte ihn und schmiegte seinen Kopf ganz dicht an ihn. Moro rührte sich nicht und ließ es geschehen. Nino begann, Moro von seinen Eltern zu erzählen und wie glücklich er mit ihnen war. Wie sie von einem Ort zum anderen gezogen sind und Musik gemacht haben. Über den Tod seiner Eltern erzählte er Moro nichts. Das war etwas, worüber er nicht sprechen konnte. Seine kleine Seele war zu verwundet.

Er war nur ein kleiner Junge von acht oder neun Jahren, genau wusste er es nicht, wie sollte er mit allem alleine zurechtkommen? Er hatte keinen, dem er sein Herz ausschütten konnte oder der ihm half, das schreckliche Erlebnis

und den Tod seiner Eltern zu verarbeiten. Nino war noch in seinen Gedanken versunken, als ein Schatten auf ihn fiel. Sofort hörte er das leise knurren von Moro und er blickte auf. Vor ihm stand der Mann, der ihm gestern den Schein in seine Mütze getan hatte.
Was wollte er?
Nino sah ihn fragend an, als der Mann auch schon zu sprechen begann:
Bitte, spiele jetzt für mich, für mich ganz allein. Ich möchte es noch einmal hören, wie du der Mandoline so betörende und gefühlvolle Töne entlockst".
Nino wollte seine Bitte gerne erfüllen. Er stand auf, nahm seine Mandoline und spielte. Es war keine Musik, die über der Piazza erklang, es waren pure Emotionen, die zu Herzen gingen.

Freude und Glück, aber auch Trauer und Schmerz; all das, konnte Nino der Mandoline entlocken.

Der Mann war zutiefst bewegt und wischte sich mit dem Handrücken über sein Gesicht.

„Du bist einmalig", sagte er, als Nino sein Spiel beendet hatte, „das kann man nicht lernen, das muss man im Blut haben und du hast es"!

Er gab Nino wieder einen Geldschein und ging, ohne ein weiteres Wort zu sagen, davon. Nino schaute ihm hinterher.

Wer war er, dass er sich so für mein spielen interessiert?

Aber dann nahm er freudig den Geldschein aus seiner Mütze und steckte ihn in seine Hosentasche.

„Komm", sagte er zu Moro, „wir gehen jetzt zur Promenade und versuchen

dort heute noch einmal unser Glück. Die Siesta ist vorbei und die Menschen gehen wieder nach draußen".
Moro erhob sich und trottete neben Nino her. An der Promenade angekommen, gingen sie zu der Palme unter der sie auch gestern gesessen hatten. Es war Samstag und es waren viele Leute unterwegs, die noch für den Sonntag einkaufen wollten.
Nino begann zu spielen und zu singen. Schnell versammelten sich Menschen um ihn herum um seinem Spiel zu lauschen. Die Leute waren wieder einmal begeistert und immer, wenn er ein Lied beendet hatte, klatschten sie Beifall und riefen Bravo! Sie forderten ihn auf, mehr zu spielen, denn so wie Nino spielte, dass berührte ihre Herzen. Kannten sie doch alle die alten Weisen und einige sangen sogar mit.

Als sie gingen, warfen sie Münzen in seine Mütze. Nino freute sich sehr darüber, war doch für die nächsten Tage genug Geld für Essen da. Das Pech, das ihn bisher verfolgt hatte, schien sich in Glück zu verwandeln.

Eine Frau, die vom Einkauf zurückkam, schenkte ihm ein Brot und eine Flasche Wasser. Nino bedankte sich artig und fing an zu spielen. Die fremde Frau strich ihm über das Haar und lächelte ihn an, bevor sie weiter ging. Sein Spiel begleitete sie.

Noch eine ganze Weile konnte man den Klang der Mandoline hören. Es war für Nino und Moro heute ein guter Tag. Als die Dunkelheit hereinbrach sammelte Nino die Münzen aus seiner Mütze, nahm seine Mandoline und machte sich mit Moro auf den Weg zum kleinen Laden um für sich und

Moro etwas Essen zum Abend einzukaufen. Danach gingen sie beide zu ihrem Unterschlupf. Nino fühlte sich gut, denn der Mann von heute früh hatte ihm ja gesagt, dass es sein Land ist und er und Moro hier im Unterschlupf sicher sind. Als Nino den Unterschlupf betrat, staunte er nicht schlecht. Da lagen zwei Decken auf denen ein kleiner Korb mit Früchten stand. Das konnte nur das nette Ehepaar vom Vormittag gewesen sein. Wie lange hatte Nino schon keine so frischen Früchte mehr gegessen. Die einzigen Früchte, die er in den letzten Wochen gegessen hatte, waren Früchte, die auf dem Markt auf der Erde lagen und zusammen gefegt und entsorgt werden sollten.

Nino breitete eine Decke aus und setzte sich mit Moro darauf. Moros Schale, aus der er heute früh die Pasta gefressen hatte, stand noch an dem Platz und Nino hatte sie mit in den Unterschlupf genommen. Zuerst machte er etwas Essen für Moro fertig. Er bröckelte etwas von dem Brot in die Schale und goss ein wenig Wasser darüber. Als das Brot durchgeweicht war, mischte er noch von den Salamiresten, die er im kleinen Laden bekommen hatte, darunter. Moro wartete schon ungeduldig, denn jetzt hatte auch er Hunger. Nino schob ihm die Schale rüber und der Hund fraß gierig.

Dann machte Nino sich ein Brot mit Tomaten, Oliven und legte sich auch von den Salamiresten noch etwas darauf. Es schmeckte ihm gut und er war zufrieden. Heute war ein schöner Tag und nachdem er gegessen hatte, breitete er noch die zweite Decke aus und legte sich darauf. Moro hatte sich dicht an ihn gelegt und sie schliefen schnell ein.

Am nächsten Morgen erwachte Nino, als eine Stimme seinen Namen rief. Es war die Frau von gestern und sie und ihr Mann waren gekommen, um mit Nino zu frühstücken. Sie hatten wieder ganz leckere Sachen mitgebracht, die schon auf einer Decke ausgebreitet hatten.

„Guten Morgen, Nino", sagte der Mann, „dann wollen wir jetzt erst einmal frühstücken, damit du nicht hungrig deiner Arbeit nachgehen musst", und er lachte dabei. Nino erwiderte seinen Gruß und setzte sich zu ihnen auf die Decke. Wieder hatten sie auch etwas für Moro mitgebracht. Er wedelte freudig mit dem Schwanz

als die Frau ihm die volle Schüssel vor die Nase stellte.
Allen schmeckte es gut. Zwischendurch sprachen sie über dieses und jenes, aber sie stellten auch heute keine persönlichen Fragen an Nino. Sie wussten, wenn sie sein Vertrauen gewinnen wollten, dann mussten sie sehr, sehr behutsam mit ihm umgehen. Die Zeit würde es zeigen, wann der richtige Zeitpunkt dafür gekommen war. Sie hatten sich schon ihre Gedanken über Nino gemacht und daran gedacht, ihn bei sich aufzunehmen.
Doch sie mussten Geduld haben und ein Anfang war ja bereits gemacht.
Nach dem Frühstück spielte Nino für sie ein Lied auf seiner Mandoline und danach verabschiedeten sie sich und versprachen,

auch morgen früh wieder zu kommen. Dann ließen sie Nino und Moro allein. Die beiden hatten es nicht eilig. Es gab ja keinen Hunger der sie voran trieb und so blieben sie noch eine Weile sitzen, bevor sie sich auf den Weg machten.

Auch heute suchte sich Nino wieder einen schattigen Platz und begann zu spielen. Doch heute morgen hatte er kein Glück. Da er noch Geld hatte um Essen zu kaufen, beschloss er, mit Moro im Meer zu baden. Es war unerträglich heiß und er hatte schon lange nicht mehr gebadet. Mitsamt seiner Kleidung ging er in das Meer. Schwimmen konnte er nicht, aber vorne, im flachen Wasser, ein wenig sitzen und von den kleinen Wellen nassgespritzt zu werden, das gefiel ihm. Moro war natürlich in seinem Element.

Er schwamm ein ganzes Stück hinaus, auf das Meer, aber, als Nino ihn rief, kam er sofort zurück. Er stand direkt vor Nino und schüttelte sich, dass das Wasser nur so spritzte. Nino musste lachen, denn er bekam alles ab. Das machte ihm aber nichts aus, denn er musste sowieso noch seinen Kopf in das Wasser halten, damit seine Haare auch sauber wurden. Aber nun wurde es Zeit, sich ein schattiges Plätzchen zu suchen, denn die Sonne stand hoch am Himmel und brannte auf die Erde. Hunger hatten sie nach dem ausgiebigen Frühstück nicht; nur Durst und sie gingen zum Brunnen um zu trinken. Dann legten sie sich in den Schatten einer Palme und hielten Siesta. Ruhig war es, nur ein Vogel zwitscherte ab und zu. Nino streichelte Moro und hing seinen Gedanken nach.

Alles war so friedlich ringsherum.
Nino fielen auf einmal die Augen zu und Moro bewachte seinen Schlaf.
Er musste ziemlich lange geschlafen haben, denn die Straße war schon voller Menschen. Noch ganz verschlafen rieb er sich die Augen. Jetzt aber los, sagte eine innere Stimme zu ihm, sonst verdienst du heute keine Lira mehr.
Er nahm seine Mandoline in die Hand und fing an zu spielen. Seine Melodien waren weithin zu hören und wie immer, wenn er spielte, blieben die Leute stehen um seinem gesang und den Klängen der Mandoline zu lauschen. Nino hatte Glück, denn einige Münzen waren schon in seiner Mütze. Er spielte noch bis zum Einbruch der Dunkelheit. Dann machte er sich mit Moro auf den Weg zum kleinen Laden. Er wollte noch ein Brot für sie beide

kaufen. Tomaten und Oliven hatte er noch im Unterschlupf und auch von den Salamiresten war noch etwas übrig geblieben. Das war genug für sie beide. Er kaufte das Brot und dann machten sie sich auf den Weg zum Unterschlupf. Auch heute Abend stand dort wieder ein kleiner Korb mit frischen Früchten und sogar eine Limonade hatten sie ihm hingestellt. Sie war selbstgemacht und schmeckte köstlich. Sie aßen und tranken mit großem Appetit. Danach legten sie sich gleich schlafen. Die Sonne machte müde und das spielen auf der Mandoline war auch anstrengend für ihn. Abends taten ihm immer die Finger weh.
So vergingen die Tage und Nächte.
Jeden Morgen kam das Ehepaar zu ihnen und sie frühstückten gemeinsam.

Danach gingen Moro und er zur Hauptstraße und er spielte für die Leute bis zum Abend. Die Nächte verbrachten Moro und er im Unterschlupf, wo sie sicher waren.
Nino wurde immer unruhiger und ihm kam Gedanke, weiter weiter zu ziehen.
War er es doch so gewohnt, als seine Eltern noch bei ihm waren. Sie waren immer von Ort zu Ort gezogen, denn, selbst die schönsten Klängen fanden irgendwann kein Gehör mehr, wenn man sie täglich hörte. Vor allem, es gab keiner mehr etwas Geld dafür; wer einmal gegeben hatte, gab kein zweites Mal. Die Leute hier hatten nicht viel Geld und mussten jeden Tag sehen, wie sie zurecht kommen. Nino merkte es daran, dass er seit zwei Tagen keine einzige Münze mehr in seiner Mütze

hatte. Zum Glück hatte er vorher nie das ganze Geld ausgegeben, sodass, er noch genug Geld hatte, um diese Tage zu überbrücken.

Aber nun musste er wieder etwas verdienen, denn sonst hätten sie nur das Frühstück vom Morgen. Das war viel. Denn wenn er an die erste Zeit dachte, als er auf der Straße lebte, da ging es ihm sehr schlecht. Wie oft hatte er gar nichts zu essen und konnte sich nur mit dem Wasser aus dem Brunnen ein wenig sättigen. Es ging ihm sehr schlecht; dagegen fühlte er sich die letzten Tage wie im Paradies. Ja, so musste es im Paradies sein. Jeden Tag genug zu essen und zu trinken, dachte er bei sich.

Es war Sonntag und Nino hatte sich in die Nähe der Kirche hingesetzt. Er wollte nach dem Gottesdienst, wenn

Menschen aus der Kirche kamen und die Glocken verstummten, hier spielen. Er wusste, dass sich alle noch auf der Piazza trafen um etwas miteinander zu plaudern bevor sie nach Hause gingen. Vielleicht hatte er Glück und er bekam noch einige Lira; er brauchte das Geld, denn er hatte nichts mehr. Die letzten beiden Tage hatte er nichts bekommen und er hatte angst, auch heute wieder nichts zu verdienen. Aber nicht zu spielen, war auch keine Lösung; soviel verstand er schon, er hatte es lernen müssen in seinem jungen Leben.

Jetzt war es soweit. Die Menschen hatten die Kirche verlassen und die Glocken hatten den letzten Ton geschlagen.

Jetzt war seine Zeit gekommen und er stellte sich mitten auf die Piazza und begann zu spielen und zu singen. Moro saß zu seinen Füßen.

Von einem auf den anderen Moment herrschte Stille und die Menschen lauschten seinem Spiel und Gesang. Sie hatten es ja alle schon einmal gehört, wenn er spielte, aber heute empfanden sie seine Melodien noch berührender. Nino legte sein ganzes Herz in seine Weisen und das, war es, was die Menschen verstummen ließen um ihm schweigend zu lauschen. Sie waren so ergriffen, wie nie zuvor. Tränen flossen, denn jede Melodie, jedes Lied weckte in ihnen Erinnerungen. Der Pfarrer war aus der Kirche gekommen, um ebenso den Klängen zu lauschen und auch er war tief berührt.

Wer ist dieser kleine Junge, der so hervorragend Mandoline spielen konnte?

Aus diesem Dorf war er nicht, sonst hätte er ihn gekannt. Er würde ihn später fragen, wenn er fertig mit dem spielen war.

Doch es sollte anders kommen.

Als Nino fertig gespielt hatte und gerade dabei war, die zahlreichen Münzen, die er heute bekommen hatte, in die Tasche zu stecken, hielt ein Auto vor der Piazza und das Ehepaar, auf dessen Grundstück sein Unterschlupf war, stieg aus. Sie gingen geradewegs auf Nino zu. Moro lief zu ihnen und begrüßte sie freudig.

Nino blickte erstaunt in ihre Richtung.

Was wollten sie hier? Warum kamen sie zu ihm? Beide lachten, als sie auf Nino zugingen.

„Wir sind gekommen, um heute mit dir in der Taverne zu essen und um mit dir einiges zu besprechen", sagte *die Frau als sie bei ihm waren.*

Nino wusste gar nicht, was er sagen sollte. Er stand auf, nahm die Münzen aus seiner Mütze, griff sich die Mandoline und ging mit ihnen zum Auto. Sie wollen mit mir in der Taverne essen? Was wollten sie mit mir besprechen, dachte er bei sich? Moro lag zu seinen Füßen und hatte es sich bequem gemacht. Es war nicht weit bis zur Taverne. Sie stiegen und setzten sich an einen der Tische, die im Schatten der Bäume standen. Der Mann bestellte für alle Pasta und Pizza. Nino freute sich auf das Essen. Wie lange hatte er schon keine Pizza mehr gegessen.

Das letzte Mal mit seinen Eltern.

Er hatte keine Zeit, weiter darüber nachzudenken, denn die Pasta wurde bereits serviert. Der Kellner füllte allen eine große Portion auf den Teller und wünschte einen guten Appetit. Die Pasta war köstlich und Nino freute sich, dass auch Moro eine Schale voll mit der Pasta bekommen hat.

Sie aßen in aller Ruhe und keiner sagte ein Wort.

Nachdem sie fertig waren mit der Pasta, begann die Frau zu sprechen und sagte zu Nino:

„Wir haben uns überlegt, natürlich nur, wenn du es willst, dass du zu uns in das Haus ziehst. Denn auf Dauer ist der Unterschlupf nicht der richtige Platz für dich und unser Haus ist groß genug. Da können wir dir ein Zimmer geben, in dem du mit Moro wohnen kannst. Wir haben keine Kinder und wir könnten ein wenig für dich sorgen. Du kannst es dir überlegen, wir wollen dich zu nichts drängen".

Das musste Nino erst einmal verarbeiten. Ein Zimmer in ihrem Haus haben sie mir und Moro angeboten. Er hatte noch nie in einem Haus gewohnt und ein eigenes Zimmer hatte er schon gar nicht gehabt. Seine Eltern hatten nur einen alten Wohnwagen mit dem sie herumreisten und geschlafen haben sie alle zusammen darin. Er fand die Vorstellung von einem eigenen Zimmer in dem schönen Haus, toll und das sagte er zu dem Ehepaar. Die beiden freuten sich und dann wurde auch schon die Pizza serviert.

Nach dem Essen fuhren sie alle zu dem Haus in dem das Ehepaar lebte.

Nino ging mit ihnen hinein und der Mann zeigte ihm gleich das Zimmer, dass sie für ihn vorgesehen hatten. Da sollte ich jetzt wohnen? Nino hatte so etwas noch nie gesehen. Ein großes Bett stand darin und nicht nur eine Matratze auf dem Boden, wie er es kannte. Die Kissen und die Decke hatten einen schönen Überzug. Ein kleiner Tisch und ein Stuhl standen auch in dem Zimmer. Als er sich weiter umschaute, erblickte er den Schrank mit einem Spiegel in der Tür. Er glaubte zu träumen und brachte kein Wort hervor. Moro hatte seine Fassung als erster wieder und sprang mit einem Satz auf das Bett; legte sich hin, reckte sich und machte seine Augen zu. Alle mussten lachen und der Bann war gebrochen. Nino sagte den Leuten, dass er sehr gerne in dem Zimmer wohnen möchte und, dass er so etwas Schönes noch nie gesehen hat. Er bedankte sich und die Beiden waren sichtlich gerührt.

„Du kannst deine Mandoline hier lassen, wir zeigen dir jetzt das ganze Haus", sagte der Mann.

Er ging voran und seine Frau und Nino gingen mit. Moro blieb auf dem Bett und schlief ruhig weiter. Als sie mit dem Rundgang durch das Haus fertig waren, setzten sie sich in die Küche. Die Frau gab Nino ein Glas Limonade und für sich und ihren Mann bereitete sie einen Espresso.

Sie unterhielten sich, aber noch immer stellten sie Nino keine Fragen nach seiner Herkunft, seinem Alter oder nach seinem Familiennamen. Sie hatten ihre Gründe.

„Jetzt, wo du alles gesehen hast, kannst du in dein Zimmer gehen, wenn du möchtest, und mit Moro Siesta halten. Ach, eines haben wir vergessen, dir zu sagen. Wir haben hier eine Frau aus dem Ort, die uns bei allem hilft und wenn wir einmal nicht da sind, kannst du zu ihr gehen; auch, wenn du hungrig oder durstig bist, sie gibt dir alles. Es ist die alte Teresa, du kannst ihr vertrauen, sie hat hier bereits für meine Eltern gearbeitet und wir haben ihr schon von dir erzählt", sagte die Frau zu Nino.

Nino erfuhr noch, dass Teresa immer am Sonntag ihren freien Tag hat und heute war Sonntag.

„Ach", sagte der Mann, „deinen Namen kennen wir ja, aber du kennst unsere Namen noch nicht. Ich bin Mauro und meine Frau heißt Sabrina; so kannst du uns ab jetzt nennen".

Nino ging in sein Zimmer und legte sich sofort auf sein schönes, großes Bett. Moro blickte nur kurz auf und schlief dann gleich weiter. Als Nino zur

Decke blickte, sah er, dass dort oben lauter Sterne angebracht waren. Sie glitzerten und leuchteten. Wie schön das ist, dachte er bei sich.

Seine Augen fielen ihm langsam zu und er träumte einen wunderschönen Traum.

Er schlief tief und fest, als Sabrina nach ihm schaute. In seiner Hand sah sie ein zerknittertes Foto seiner Eltern. Leise ging sie wieder aus dem Zimmer. Sein Anblick bewegte sie tief und sie erzählte ihrem Mann sofort davon.

Mauro stand auf und wollte ebenfalls nach Nino schauen. Was seine Frau ihm erzählt hatte, weckte Erinnerungen aus ferner Zeit in ihm. Er öffnete vorsichtig die Tür und ging zu dem schlafenden Jungen. Was er sah, trieb ihm die Tränen in die Augen. Noch immer hielt Nino das Foto seiner

Eltern in der Hand. Er ist wie ich, dachte Mauro bei sich. Auch er war damals ein verlassenes Kind und hätten die Eltern seiner Frau ihn nicht bei sich aufgenommen, wer weiß, was aus ihm geworden wäre. Seine ganze Vergangenheit erschien ihm plötzlich vor Augen und er wollte das, was ihm einst Gutes getan wurde, nun auch Nino zuteil werden lassen; falls dieser es wollte. Er hoffte es sehr.

Damals war er ungefähr in Ninos Alter, als seine Eltern verhaftet wurden. Es war verboten durch die Lande zu tingeln und die Polizei verfuhr sehr rigoros mit den Leuten des fahrenden Volkes. Aber sie mussten doch auch leben und Musik machen und singen war das einzige, was sie konnten. Ihn hatten sie einfach am Straßenrand stehen lassen. Er war

dem Polizeiauto noch nachgerannt, hatte gerufen, aber sie fuhren, ohne ihn weiter zu beachten, weg. Verloren und weinend hatte er sich an den Wegesrand gehockt. Er wusste nicht, was er machen sollte, wohin er gehen sollte. Er hatte weder etwas zu essen, noch zu trinken: er wusste nicht einmal, wo er war. Tränen flossen ihm in Bächen über die Wangen, als sich plötzlich eine Hand auf seine Schulter legte und eine Stimme sagte:
„Junge, was ist geschehen? Warum bist du so unglücklich?"
Aber er konnte nicht sprechen, die Kehle war ihm wie zugeschnürt und er blickte den Mann nur aus seinen verweinten Augen an. Der Mann setzte sich zu ihm und legte seinen Arm um ihn. Langsam beruhigte er sich. Der Mann bot ihm Wasser und ein Stück

Brot an, das er dankbar nahm. Durstig trank er von dem Wasser und aß das Brot. Der Mann sagte nichts weiter; er blieb schweigend neben ihm sitzen. Er merkte nicht einmal, dass eine Frau auf sie zukam und erst, als sie mit dem Mann sprach, blickte er hoch. So, wie sie miteinander sprachen, sagte ihm, dass sie zueinander gehörten. Die Frau hörte ihrem Mann zu und nahm aus ihrem Korb einen Pfirsich, den sie mir gab. Mauro konnte sich noch an alles erinnern, als ob es gestern war. Sie hatten ihn dann mit zu sich nach Hause genommen.

Es dauerte sehr lange, bis er über das, was passiert war, sprechen konnte. Aber die Eheleute hatten Geduld und drängten ihn zu nichts.

Sie nahmen ihn wie einen Sohn auf und so blieb er bei ihnen. Alles, was er heute war, verdankte er ihnen und als sie ihm auch noch ihre Tochter zur Frau gaben, war sein Glück perfekt.

Er wollte Nino dieselbe Chance bieten; darin waren seine Frau und er sich einig. Er schloss leise die Tür und ging wieder zu Sabrina in die Küche. Sabrina sah es ihrem Mann sofort an, wie tief ihn der Anblick des schlafenden Jungen berührt hat. Sie kannte ja die Vorgeschichte ihres Mannes. Ihre Eltern hatten sie ihr einmal vor langer Zeit erzählt, als sie so etwa um die 16 Jahre alt war. Viel später, als sie schon einige Jahre mit Mauro verheiratet war, konnte auch er mit ihr über jenen schrecklichen Tag sprechen. Danach sprachen sie nie mehr darüber.

Sie wuchsen wie Geschwister auf und irgendwann entdeckten sie ihre

Gefühle füreinander. Ihre Eltern waren einverstanden und alles verlief, wie es sein sollte. Sie führten eine sehr glückliche Ehe, die nur eines trübte, nämlich die Tatsache, dass sie keine Kinder bekamen. Nun war Nino in ihr Leben gekommen und auch sie hoffte, dass er bei ihnen bleibt. Ihr Mann hatte sich zu ihr an den Tisch gesetzt und sie goss ihm eine Tasse von dem frisch zubereiteten Espresso ein. Schweigend saßen sie beieinander. Jeder wusste von dem anderen was er dachte.

Ihre Herzen waren so eng miteinander verbunden, dass sie sich auch ohne Worte verstanden.

Erst das trappeln nackter Füße auf den Fliesen riss sie aus ihren Gedanken. Moro erschien in der Küche und wedelte mit dem Schwanz. Sabrina stand auf und füllte seine Schale mit frischem Wasser. Gierig trank der Hund. Dann erschien auch Nino in der Küche. Er hielt seine Mandoline fest an sich und seine Augen sahen ganz verschlafen aus.

„Komm, setz dich zu uns. Ich mache Dir einen Kakao und ein Brot", sagte Sabrina zu ihm.

Nino setzte sich zu Mauro an den Tisch. Mauro blickte in das ernste Gesicht des Kindes und versuchte, ihn mit einem Lächeln etwas aufzumuntern. Doch, statt sein Lächeln zu erwidern, sagte Nino:

„Ich habe sehr gut geschlafen in dem großen Bett. Aber am schönsten sind die Sterne an der Decke; sie sehen aus wie echt. Ich brauche nicht mehr in meinem Unterschlupf schlafen, denn hier kann ich die Sterne sehen wenn ich einschlafe. Im Unterschlupf war es immer dunkel und ich hatte sehr viel angst, als Moro noch nicht bei mir war".

Damit war für Nino klar, dass er hier bleiben wollte.

Sabrina und Mauro sahen sich. Das hatten sie nicht so schnell erwartet; doch sie blieben ganz ruhig und Mauro sagte nur:

„Das geht in Ordnung, du weißt ja wo dein Zimmer ist und wo du etwas zum essen und trinken bekommst".

Damit war das Gespräch erst einmal beendet. Nino trank seinen Kakao und aß sein Brot, das Sabrina ihm hingestellt hatte.

Als er fertig gegessen hatte, nahm er seine Mandoline und ging. Moro folgte ihm.

Sabrina und Mauro sagten nichts. Sie wussten nur zu gut, dass alles seine

Zeit brauchte und Nino es auch nicht gewohnt war, zu sagen, dass er geht oder wohin er geht. Sie wussten, dass er nach draußen ging um zu spielen; wie er es jeden Tag gemacht hat. Irgendwann würde es sich schon ändern, aber bis dahin lag noch ein langer Weg vor ihnen.

Im Moment waren sie zufrieden, dass er das Angebot angenommen hatte und bei ihnen wohnen wollte. Er würde schon zurückkommen, wenn er fertig mit dem musizieren war. Sobald es dunkel war, gingen die Leute sowieso nach Hause um zu essen und dann war auch Nino immer zu seinem Unterschlupf gegangen.

So wird er es auch heute Abend machen. Nur, statt zum Unterschlupf zu gehen, würde er hierher kommen und später in sein weiches Bett schlüpfen. Vorher könnten sie noch gemeinsam zu Abend essen, dachten Sabrina und Mauro.

Sie hatten noch viel zu tun und es blieb nicht mehr viel Zeit bis zum Abend. Auch wollte Sabrina noch eine neue Hose und ein Hemd für Nino kaufen. Schuhe musste er auch unbedingt haben, aber sie kannte seine Schuhgröße nicht. Da ist es besser, wenn Nino mitgehen würde, dachte Sabrina. Sie machte sich auf den Weg zu dem kleinen Laden mit der Kinderkleidung, während Mauro zu den Feldern ging, um die reifen Pfirsiche zu ernten. Jetzt waren sie zuckersüß und verströmten einen fruchtigen Duft. Sie mussten jetzt gepflückt werden bevor sie herunter fallen. Früchte mit Druckstellen würden sehr schnell verderben und er

könnte sie dann nicht mehr auf dem Markt verkaufen. Mauro setzte seinen Strohhut auf, denn auch heute brannte die Sonne wieder erbarmungslos auf die Erde. Das Land war trocken und brauchte dringend Wasser. Doch, weit und breit war keine Wolke zu sehen und es würde weiterhin heiß bleiben.
Sie lebten von dem Ertrag ihrer Felder und hatten ein gutes Auskommen. Die Felder gehörten Sabrinas Eltern und als diese verstarben, hatten er und seine Frau sie geerbt. Sie konnten sich Pflücker leisten, die ihnen bei der Arbeit halfen und im Haus machte die alte Teresa noch so viel, wie sie konnte. Sie war so etwas, wie die gute Seele des Hauses. Es war für sie selbstverständlich, dass sie, nach dem Tod von Sabrinas Eltern, bei ihnen blieb und ihnen zur Hand ging.

Teresa hatte sich um Sabrina und Mauro gekümmert als sie noch Kinder waren. Sie würde sich auch um Nino kümmern, denn sie hatte einen guten Draht zu Kindern. Sie wusste, dass sich Mauro und Sabrina um ihn kümmerten, als er im Unterschlupf hauste, aber, dass er jetzt hier im Haus wohnt, das würde sie morgen, am Montag, erfahren, wenn sie wieder zur Arbeit kommt.

Die Sonne war schon am Horizont versunken, als Nini und Moro den Weg zum Haus entlang gingen. Beide waren hungrig und durstig. Viele Münzen hatte Nino nicht bekommen, aber sie reichten, für die nächsten Tage um sich Mittags etwas Essen kaufen zu können. Im Licht der Laternen sah Mauro die Beiden kommen und er sagte zu seiner Frau, dass sie nun das

Abendessen auf den Tisch bringen kann. Sabrina sah es als ein gutes Zeichen, dass Nino zum Haus kam. Es schien ihm doch sehr gefallen zu haben. Moro rannte sofort in die Küche und stürzte sich auf seine Wasserschale. Gleich dahinter kam Nino herein und in seinem kleinen Gesicht erschien ein Lächeln, als er den gedeckten Tisch sah. Er setzt sich sofort auf den Stuhl, auf dem er heute schon gesessen hatte. Noch vermieden sie es, ihm zu sagen, dass er sich die Hände waschen soll bevor er zu Tisch kommt. Wo sollte er das auch gelernt haben? Auf der Straße, wo er bisher gelebt hatte, gab es keine Regeln oder absolute Sauberkeit. Da waren sie froh, wenn sie etwas Wasser zum trinken hatten. Wenn sie an einem Ort am Meer waren, ja, dann gingen sie mitsamt ihrer Kleidung ins Wasser um sich zu reinigen.

Mauro füllte ihm eine große Portion Pasta auf den Teller und Nino begann sofort zu essen. Auch Moro hatte seinen Anteil bekommen, den er schon gierig verschlungen hatte. Satt lag er unter dem Tisch und schnarchte. Alle mussten lachen. Die erste Hürde war an diesem Abend genommen und sie konnten sich über dieses und jenes unterhalten. Nino erzählte von seiner Arbeit und legte die Münzen, die er bekommen hatte, auf den Tisch. Mauro sprach ihm ein großes Lob aus und sagte, dass er ein braver Junge ist und so fleißig. Nino freute sich über die Worte. Noch nie hatte ihn jemand gelobt. Vorher bei seinen Eltern war es selbstverständlich, dass er arbeitete und Geld verdiente mit der Mandoline und seinem Gesang; sie verloren darüber nie ein Wort. Sie kannten es eben auch nicht anders als Kinder des fahrenden Volkes. Jeder musste seinen Teil zum Leben beitragen und das lernten sie alle schneller, als sie laufen lernten. Das Leben auf der Straße war ein hartes Leben und hatte mit Romantik nichts zu tun. Nino strahlte Mauro aus seinen großen dunklen Augen an. Dann erzählten auch Sabrina und Mauro was sie gemacht hatten und als Sabrina ihm eine große Tüte in die Hand drückte, staunte Nino nicht schlecht. Ungläubig schaute er sie an.

„Ist das für mich?", fragte er Sabrina.

Sabrina nickte und sagte:

„Schaue gleich einmal was es ist und ob es dir gefällt. Am besten, du probierst es an, damit ich weiß, ob es

dir passt". Nino nahm die Sachen aus der Tüte und war unfähig, auch nur ein einziges Wort zu sagen. Er ging mit den Sachen in sein Zimmer. Es dauerte einen Augenblick bis er zurückkam. Hatte er doch tatsächlich die neuen Sachen angezogen und sie passten ihm perfekt. Ganz anders sah er darin aus; aber allen gefiel es.
Nino war so glücklich!
„Schau einmal, was ich noch mitgebracht habe", sagte Sabrina und reichte Nino ein kleines Päckchen.
Nino öffnete es und darinnen war ein Halsband für Moro. Etwas war darauf geschrieben, aber er konnte es nicht lesen. Mauro sagte ihm, dass das Moro heißt und er kann das Halsband dem Hund umbinden wenn er mit ihm rausgeht. Toll, das hatte Nino noch nie gesehen. Er starrte auf die Buchstaben

und ihm wurde bewusst, dass er weder lesen, noch schreiben konnte. Eine Schule hatte er nie besucht und seine Eltern konnten es ihm nicht beibringen, weil sie es auch nie gelernt hatten. Er schämte sich ein wenig und blickte verlegen zu Boden.

Mauro und Sandra merkten es sofort, dass Nino sich unbehaglich fühlte; sie mussten jetzt mit ihm reden.

„Nino, du musst dich nicht schämen, dass du nicht lesen kannst. Ich werde dir jetzt meine Geschichte erzählen, damit du verstehst, dass es vielen Kindern so geht wie dir und ganz besonders den Kindern des fahrenden Volkes", sagte Mauro und blickte Nino an.

Mauro begann zu erzählen......

Ich war so ungefähr in deinem Alter, als ich plötzlich ganz allein auf mich gestellt war. Meine Eltern waren beide an einer Lungenentzündung gestorben und andere Verwandte hatte ich nicht; jedenfalls kannte ich keine. Auch meine Eltern gehörten dem fahrenden Volk an und wir zogen von einem Ort zum nächsten. Eine Schule hatte ich bis dahin nur von außen gesehen; ich konnte weder lesen, noch schreiben. Im Gegensatz zu dir, machten meine Eltern und ich kleine Kunststücke, die wir den Leuten vorführten. Oft genug bekamen wir keine einzige Lira und der Hunger plagte uns. Wir konnten unser Leben nicht ändern, denn meine Eltern bekamen nirgendwo ein Arbeit. Die Leute verjagten uns, weil sie dachten, wir wollten sie bestehlen. Ich kann mich noch gut an die Verzweiflung meiner Eltern erinnern; an die Tränen meiner Mutter.

Der Hunger hatte uns alle geschwächt und meine Mutter wurde im Winter sehr krank. Sie hustete immerzu und hatte hohes Fieber. Zu einem Arzt konnte mein Vater sie nicht bringen, weil wir kein Geld hatten und so versuchte er alles, um ihr zu helfen. Aber alle seine Mühe war vergebens, ihr Zustand verschlechterte sich von Tag zu Tag und eines Tages wachte sie Morgens nicht mehr auf. Wir waren so traurig und verzweifelt. Nicht einmal richtig beerdigen konnten wir meine Mutter; selbst für den Friedhof hatten wir kein Geld und so beerdigten wir sie irgendwo unter einem Baum. Mein Vater war von dem Tag an ein gebrochener Mann. Er hatte meine Mutter sehr geliebt. Manchmal vergaß er in seiner Trauer, dass es mich auch noch gab. Ich fühlte mich so verlassen und einsam. Niemand war da, der mich tröstete. Deshalb kann ich dich so gut verstehen, Nino. Aber ich will weiter erzählen. Ab und an hatte mein Vater auch einen dieser Hustenanfälle, wie meine Mutter sie hatte. Wenn ich dann angst bekam, sagte mein Vater nur, dass ich mich nicht sorgen soll, es ist alles in Ordnung; nur eine Erkältung, die vorüber geht. Längst wusste er, dass er sich bei meiner Mutter angesteckt hatte, aber er verbarg es vor mir. Vielleicht hatte er auch wirklich die Hoffnung, dass alles wieder gut wird. Mein Vater liebte mich und natürlich machte er sich Sorgen, was aus mir werden würde, wenn auch er sterben wird. Ich glaube, dieser Gedanke nahm ihm seine letzte Kraft . Er bekam auch hohes Fieber und lag nur noch auf seiner Matratze.

Die Hustenanfälle häuften sich und eines Abends, ich saß gerade bei ihm, schloss er für immer die Augen. Nun war ich auf einmal ganz allein und wusste nicht, was ich machen sollte.

Ich ging vor unseren Wohnwagen und setzte mich an den Straßenrand. So wie du habe ich dort gesessen und bitterlich geweint. Ich hatte so einen wahnsinnigen Schmerz in mir und darum kann ich dich auch so gut verstehen, Nino. Wir gehören beide zum fahrenden Volk; auch, wenn ich jetzt schon lange sesshaft geworden bin, was ich nie bereut habe.

In dieser verzweifelten Lage fanden mich Sabrinas Eltern vor, als sie nach Hause gingen. Sie haben sich sofort um mich gekümmert und sorgten auch dafür, dass mein Vater ein richtiges Begräbnis hier auf dem Friedhof bekam. Sie nahmen mich mit zu sich nach Hause und im Laufe der Zeit, wurde ich für sie wie ein Sohn. Sie liebten mich genauso, wie sie Sabrina liebten. Jetzt kennst du die Geschichte über meine Vergangenheit und du kannst in Ruhe über alles nachdenken. Eines aber sollst du wissen. Wir würden dich gerne hier, wie einen Sohn, bei uns behalten. Natürlich werden wir auch weiterhin nach deinen Eltern forschen, denn sie können ja nicht spurlos verschwunden sein, aber das braucht Zeit. Irgendwo müssen sie ja hingebracht worden sein. Doch in der Zwischenzeit möchten wir für dich sorgen und wenn du willst, melden wir dich auch in der Schule an. Du brauchst dann nicht mehr auf der Straße musizieren und Geld verdienen. Du bekommst alles, was du benötigst, von uns. Möchtest du aber weiter musizieren, dann werden wir dich nicht davon abhalten. Das ist einzig und allein deine Entscheidung.

„Für heute habe ich dir genug erzählt", sagte Mauro und goss sich und Nino noch ein Glas Wasser ein.

Nino wusste nicht, was er sagen sollte. Mauro war einer wie er? Er gehörte auch zum fahrenden Volk? Niemals hätte er so etwas gedacht. Aber seine Worte hatten ihn überzeugt; sie meinten es wirklich ehrlich mit ihm.

„Du musst jetzt schlafen gehen, es ist schon spät", sagte Sabrina in die Stille.

Doch Nino war noch nicht müde. Zu sehr hatte ihn das eben gehörte aufgewühlt.

„Wenn ihr nichts dagegen habt, bleibe ich noch etwas bei euch sitzen", antwortete Nino.

Mauro erhob sich und meinte, dass sie alle einen kleinen Spaziergang über die Felder machen sollten, es würde uns allen bestimmt gut tun und wir können über alles nachdenken.
So gingen sie gemeinsam in die Nacht und nur der Mond und die Sterne leuchteten ihnen den Weg. Schön war es und Nino hatte sich schon lange nicht mehr so wohl gefühlt.
Es war Montag und die alte Teresa kam schnaufend zur Tür herein. Das laufen fiel ihr schon etwas schwer und sie musste sich erst einmal setzen. Sabrina nahm ihr den Korb ab und reichte ihr ein Glas Wasser. Sie nahm Teresa in ihre Arme und küsste sie sanft auf die Wange. Sie liebte sie; war sie doch seit ihrer Geburt immer um sie herum. Sie wünschte, Teresa würde auf Ewig bei ihr bleiben.

Aber, das ging ja nicht und der Gedanke, dass sie einmal Abschied voneinander nehmen müssen, betrübte sie; doch sie ließ es sich nicht anmerken.

„Teresa, ich muss dir eine Neuigkeit erzählen. Der kleine Nino wohnt jetzt hier mit uns im Haus. Er schläft noch, denn es wurde gestern sehr spät. Mauro hat ihm seine Geschichte erzählt und das hatte den Kleinen ziemlich aufgewühlt", sagte Sabrina.

Teresa verstand sofort, denn sie war damals auch dabei, als Sabrinas Eltern den kleinen Mauro verlassen und traurig am Wegesrand entdeckten.

Schlimm war die Zeit und der Kummer des kleinen, einsamen Jungen hatte sie oftmals zum weinen gebracht. Es dauerte lange, bis Mauro sich hier eingelebt hatte. Mit Ninos erscheinen

wiederholte sich nun alles.
Teresa seufzte und sagte zu Sabrina:
„Ich werde ihn lieben, so, wie ich einst auch Mauro geliebt habe und immer noch liebe. Ihr seid wie meine eigenen Kinder, Sabrina".
Sabrina hatte keine andere Antwort erwartet. Sie kannte die alte Teresa nur zu gut, aber ihre Worte gingen ihr sehr zu Herzen und sie konnte ihre Tränen nicht zurückhalten.
„Nicht weinen, Teresa, mein Engel. Wenn wir Liebe geben, dann wird auch uns Liebe gegeben; denn alles, was mir machen, kommt einmal zurück zu uns. Deshalb ist es so wichtig, sich immer ein gutes Herz zu bewahren", sagte Teresa, als sie Sabrinas Tränen sah.
Beide Frauen machten sich in der Küche daran, alles vorzubereiten für das Mittagessen, als auf einmal Moro

um sie herum lief. Freudig begrüßte er auch Teresa, obwohl er sie nicht kannte und schlabberte dann seine Wasserschale leer. Zufrieden legte er sich unter den Küchentisch. Wenige Minuten später erschien Nino in der Küche. Er hatte seine neuen Sachen an und guckte Teresa mit großen Augen an. Sie lachte und winkte ihn zu sich. Nino ging zu ihr und Teresa nahm ihn gleich in ihre Arme und küsste ihn. Auf den ersten Blick hatte sie Nino in ihr Herz geschlossen und er spürte es. Er setzte sich zu ihr und Sabrina gab ihm sein Frühstück. Als er gegessen hatte, ging er in sein Zimmer und kehrte mit der Mandoline zurück in die Küche. Die Frauen dachten, dass Nino jetzt losgehen wollte, aber sie irrten sich. Er begann in der Küche zu spielen und sang dazu. Eine uralte Weise die ihn

sein Vater gelehrt hatte. Teresa liefen die Tränen über ihre faltigen Wangen. War es doch jenes Lied, dass sie einst mit ihren Kindern immer gesungen hatte. Schon ihre Eltern sangen es mit ihr. Wie lange hatte sie es nicht mehr gehört oder gesungen. Trotzt der Tränen versuchte sie mitzusingen, doch ihr versagte immer die Stimme. Sabrina saß still daneben und ihr Herz sagte ihr, dass Mauro und sie die richtige Entscheidung getroffen haben, als sie Nino in ihr Haus holten. Wenn ihr Mann die Beiden jetzt doch nur sehen und hören könnte. Aber Mauro war schon sehr früh auf die Felder gegangen; die Ernte wartete nicht.
Nino sang noch zwei Lieder und dann machte er sich mit Moro auf den Weg. Er fand sein neues Leben gut, aber auf das Mandoline spielen verzichten, das

wollte er im Moment nicht. Das er es auch nicht musste, das konnte er zu diesem Zeitpunkt nicht einmal ahnen.
Sabrina und Teresa erledigten schnell die Hausarbeit und dann gingen sie zu den Feldern um Mauro und den Erntehelfern frische Getränke zu bringen und etwas leichtes zum essen. Dankbar nahmen die Männer die Speisen an und löschten erst einmal ihren Durst. Die Hitze war fast unerträglich und normalerweise machten sie um diese Uhrzeit bereits Siesta, aber das ging heute nicht. Die letzten Früchte mussten gepflückt werden, damit Mauro sie noch heute Abend auf den Markt bringen konnte. Sie waren schon sehr reif und lange liegen durften sie nicht mehr.
Also, war Eile angesagt.
Danach gingen die beiden Frauen zum

Haus zurück. Im Moment gab es für sie nichts tun und sie legten sich auf eine Decke in den Schatten eines Baumes.

Es war bereits Abend, als Nino kam und wenig später hörte Sabrina auch das Auto ihres Mannes. Gut, dachte sie bei sich, dann können wir gleich essen. Teresa war schon vor einer guten Stunde gegangen, da es für sie nichts weiter zu tun gab.

Nino hatte sie ins Bad geschickt, damit er sich frisch machen konnte. Sie hatte ihm nochmals alles erklärt und er freute sich auf die Dusche. Saubere Sachen hatte Sabrina ihm schon hingelegt. Wenn irgendetwas ist, sollte er sie rufen, hatte sie noch zu ihm gesagt, als sie ging und ihn allein ließ.

Sabrina wollte gerade den Tisch decken, als Mauro zur Tür herein kam.

Er sah müde und abgespannt aus. Sie gab ihm sofort ein Glas Wasser und ein Tuch, damit er sich die Stirn abwischen konnte, auf der lauter Schweißperlen waren. Dankbar sah Mauro seine Frau an. Wie froh war er, dass die Ernte der Früchte vorbei war. Wobei das ernten selber nicht das schlimmste war, sondern die Hitze, die nun schon seit Monaten über dem Land lag. So einen Sommer hatte er noch nie erlebt. Kein Tropfen Regen war bisher gefallen; keine Wolke war zu sehen. Er fragte seine Frau wie es denn heute mit Nino und Teresa gelaufen war und ob sie sich verstanden hätten. Sabrina erzählte begeistert davon, dass Nino für sie Musik gemacht hatte und auch noch dazu gesungen. Sie erzählte auch, dass Teresa mitgesungen hatte und wie sehr

sie es sich gewünscht hatte, dass er dabei gewesen wäre. Die beiden verstanden sich auf Anhieb; aber das war auch nicht anders zu erwarten.
Alle liebten die alte Teresa.
Nino war fertig im Bad und kam in die Küche. Er setzte sich zu ihnen an den Tisch. Moro stand vor seiner Schüssel und wollte sein Essen haben. Sie lachten, als sie das sahen und Mauro stand auf um ihm eine große Portion Pasta zu geben.
Sabrina füllte inzwischen das Essen für ihre beiden Männer auf. Es war, als ob es schon immer so war. Es hatte sich eine Vertrautheit zwischen ihnen entwickelt, die man nicht beschreiben konnte; sie war einfach da. Ein schönes Gefühl, denn sie fühlten sich alle wohl, das konnte man spüren. Nachdem sie gegessen hatten, legten sich schlafen.

Nino lag auf seinem Bett und betrachtete die Sterne an der Decke.
Er war glücklich und mit Moro im Arm schlief er ein.
Die Tage vergingen und Nino wurde immer aufgeschlossener. Er hatte sich sehr gut bei Sabrina und Mauro eingelebt und mit der alten Teresa war er ein Herz und eine Seele. Sie hatte ihn auch schon mit in ihr Haus genommen um ihn ihrer Familie vorzustellen. Ein Sohn lebte noch mit seiner Frau und den drei Kindern bei ihr im Haus. Sie mochten Nino und zum ersten mal konnte er mit Kindern spielen. Er staunte über die Spielsachen; nie hatte er so etwas besessen. Er kannte ja bisher nur seine Arbeit. In den Schaufenstern hatte er diese Dinge schon gesehen, aber seine Eltern hätten sie ihm nie kaufen

können. Sie waren zu arm. Als er auch noch einen Ball geschenkt bekam als er ging, war er überglücklich.

„Wenn du magst, dann komme doch ab und zu zum spielen zu uns, meine Kinder würden sich freuen", sagte Teresas Sohn zu ihm.

Nino versprach, dass er bestimmt noch einmal kommen würde, denn es hatte ihm gut bei Teresas Familie gefallen.

Glücklich ging er nach Hause und zeigte Sabrina sofort seinen neuen Ball. Sie war gerührt über seine Freude und nahm ihn in den Arm. Als Mauro abends kam, zeigte Nino auch ihm gleich den Ball.

„Toll, dann können wir ja zusammen Fußball spielen wenn es nicht mehr so heiß ist", sagte Mauro und bewunderte ausgiebig den Ball.

Er freute sich sehr, dass Nino die

ersten Kontakte zu anderen geknüpft hatte. Die Familien kannten sich seit Generationen und sie waren wie eine Familie. Das machte die Sache leichter, Nino darauf anzusprechen, ob er nicht auch die Schule besuchen möchte. Die Ferien waren bald vorbei und er könnte dann, zusammen mit dem jüngsten Enkel von Teresa, die erste Klasse besuchen. Natürlich war Nino älter als die anderen Erstklässler, aber da er bisher noch keine Schule besucht hatte, war das eine gute Gelegenheit für ihn. Er kannte jemanden und würde nicht völlig allein sein in der neuen Umgebung. Das wollten sie auf alle Fälle vermeiden.

Sabrina und Mauro beschlossen, Teresa und ihren Sohn mit Familie am Sonntag zu sich einzuladen um bei der Gelegenheit auch einmal über die

Einschulung ihres jüngsten Enkels zu sprechen. Alles sollte so unverfänglich wie möglich sein, denn sie hofften, damit Nino auf den Geschmack zu bringen, ebenfalls in die Schule gehen zu wollen. Vorher wollte Mauro mit ihnen sprechen und die Lage erklären. Denn er wollte, dass die Gespräche über die Schule so behutsam, wie nur möglich geführt werden um Nino nicht zu verschrecken.

Wie jeden Abend saßen sie gemeinsam am Tisch um zu essen. Heute hatte Sabrina einen köstlichen Auflauf aus Auberginen, Tomaten und Käse gemacht. Er schmeckte vorzüglich und Nino wollte sogar noch einen Nachschlag haben. Worüber sich Mauro und Sabrina freuten. Er war nun auch schon nicht mehr ganz so mager und in seiner neuen Kleidung war er ein kleiner hübscher Junge. Sogar die Haare durfte Sabrina ihm schneiden. Auch das mit dem Hände waschen vor dem Essen und der sonstigen, täglichen Sauberkeit hatte Nino schnell begriffen. Es gefiel ihm sogar, denn das duschen machte ihm viel Spaß. Neue Schuhe hatte er auch bekommen, auf die er sehr stolz war. Die alten Schuhe hatte er gleich in den Müll geworfen. Es gefiel ihm, mit seiner neuen Kleidung und den neuen Schuhen zum musizieren zu gehen. Die Leute waren jetzt viel freundlicher zu ihm und schauten nicht mehr so verächtlich auf ihn herab. Gut, es waren ja nicht alle so, aber er hatte die Blicke einiger schon mitbekommen. Sie machten ihn traurig und er hatte sich geschämt. Nun war alles anders. Er hatte auch ein zu Hause, wie die anderen Kinder.

Er hatte neue Kleidung, neue Schuhe und sah sauber und gepflegt aus. Sogar Moro hatten sie einmal unter die Dusche gestellt weil er so gestunken hatte. Das mochte Moro aber gar nicht und er versuchte ihnen zu entwischen; was ihm aber nicht gelang. Er musste die Prozedur über sich ergehen lassen. Sabrina hatte nämlich gemeint, dass der Stinker, wie sie Moro lachend nannte, so nicht auf das Bett darf. Kaum hatte Sabrina die Dusche abgestellt, schüttelte Moro sich so doll, dass sie alle eine Dusche abbekamen. Was natürlich bei ihnen ein lautes Gelächter hervorrief. Moro wurde kurz mit einem Handtuch abgetrocknet und das übrige trocknete bei der Hitze von allein. Jedenfalls lag am Abend ein sauberer Hund auf dem Bett. Sie waren eine richtige Familie geworden, in der es meistens sehr lustig zuging. Mauro hatte Nino auch schon mit auf die Felder genommen und ihm die verschiedensten Dinge erklärt. Wann etwas gesät werden musste und wie lange es dann bis zur Ernte dauert und was dazwischen alles noch zu tun ist. Nino staunte nicht schlecht. Er hatte immer gedacht, dass alles von allein wächst und nun hörte er, dass es mit viel Arbeit verbunden ist, eine gute Ernte zu erzielen. Er bewunderte Mauro; so wie Mauro wollte er auch einmal werden, dann bräuchte er nie mehr auf der Straße Musik machen und hätte genug Geld für Essen und Trinken.

Nino träumte von einem schönen Leben. Doch, bis dahin war es noch ein weiter Weg. Er begriff, dass er dazu lesen und schreiben lernen musste und noch vieles mehr. Der Gedanke an Schule war ihm jedoch nicht ganz geheuer. Er konnte sich einfach nicht vorstellen, wie das dort ist. Zwar hatte er schon mitbekommen, dass der kleine Soleo, der jüngste Enkel von Teresa, sich darauf freute endlich in die Schule gehen zu dürfen, aber warum er sich freute, das war Nino noch unklar. War denn das wirklich so schön, den ganzen Tag dort zu verbringen, statt frei zu sein und zu kommen und zu gehen wann man wollte? Er glaubte es nicht.

Es war Sonntag und die alte Teresa war mit Soleo schon bei ihnen eingetroffen. So hatten die beiden Jungs noch genug Zeit miteinander zu spielen, bevor es Essen gab. Sie vergnügten sich hinter dem Haus mit dem Ball, den Nino von ihnen

geschenkt bekommen hatte und Moro spielte mit. Teresa war in die Küche zu Sabrina gegangen um ihr zur Hand zu gehen. Sie freuten sich, dass sie wieder einmal gemeinsam beisammen sein konnten, denn während der Erntezeit hatten sie dafür leider keine Zeit.
Es dauerte nicht lange bis auch die restliche Familie von Teresa eintraf.
Teresas Schwiegertochter gesellte sich zu den beiden Frauen in die Küche, während ihr Sohn und die beiden größeren Jungs Mauro beim aufstellen der Tische und Bänke im Garten halfen. Als sie damit fertig waren, kamen auch schon die Frauen und stellten das Essen auf die Tische. Mauro holte noch schnell die Teller und Bestecke und dann setzten sich alle. Das Essen duftete und sah so lecker aus. Sabrina hatte sich aber auch heute

besonders viel Mühe gegeben, die Freunde zu verwöhnen. Die Ernte der Früchte war erledigt und, es war der letzte Sonntag in den Schulferien. Den wollten sie genießen. Sie hatten sich viel so viel zu erzählen und alle waren vergnügt. Das Essen schmeckte vorzüglich und der Wein auch.

Irgendwann kam es dazu, dass Soleo auf seinen bevorstehenden ersten Schultag angesprochen wurde. Bereitwillig erzählte Soleo, dass er sich darauf freute und endlich lesen und schreiben lernen würde. Über Mathematik sagte er nichts, denn er stand irgendwie mit den Zahlen auf Kriegsfuß. Nino hatte dem Gespräch aufmerksam zugehört und in seinem Kopf arbeitete es heftig.

Sollte er es vielleicht doch mit der Schule versuchen?

Die beiden Familien verbrachten einen schönen Nachmittag miteinander und als die Sonne unterging, machten sich die Freunde auf den Heimweg.
Nino half Sabrina und Mauro noch beim aufräumen und ging dann sofort in sein Zimmer. Er sagte, dass er nachdenken muss. Sabrina und Mauro fragten nicht worüber, denn sie konnten es sich schon denken. Das mit der Schule beschäftigte ihn und sie ließen ihn in Ruhe. Er wird sicher die richtige Entscheidung für sich treffen. Er war zwar noch sehr jung, aber bei so manchem sagte ihm sein Bauch das Richtige. Es hätte auch keinen Sinn gemacht, ihn zu überreden; er sollte es freiwillig machen und selbst dann, konnten sie nicht sicher sein, ob es ihm in der Schule gefallen würde.
Sie mussten Geduld haben; so, wie

einst ihre Eltern Geduld mit Mauro hatten. Sie legten sich etwas hin, denn, trotzt aller Freude mit den Freunden schöne Stunden verbracht zu haben, war es doch ein anstrengender Tag. Zu Teresa hatten sie gesagt, dass sie Morgen nicht kommen Braucht, damit sie auch einen Tag zum entspannen hat. Das musste sein und die Arbeit schaffte Sabrina auch allein. Sie mussten wohl eingeschlafen sein, denn sie schreckten hoch, als Moro mit einem Satz auf ihr Bett sprang. Dann hörten sie auch schon Nino laut rufen. Schnell standen sie auf und gingen zu Nino. Warum schrie er so laut nach ihnen? Doch, bevor sie ihn fragen konnten, was los ist, sagte er schon:
„Ich gehe morgen auch zur Schule, aber wenn es mir nicht gefällt, dann bleibe ich nicht!"

Sabrina und Mauro sahen sich an und dann blickten sie Nino an.

Was hatte er soeben gesagt?

Sie glaubten, nicht richtig gehört zu haben und fragten noch einmal nach. Doch Nino blieb bei dem, was er gesagt hatte; er wollte morgen in die Schule gehen. Damit hatten sie so schnell nicht gerechnet. Sie hatten doch auch gar keine Schulsachen für ihn. Als Mauro es ihm sagte, antwortete Nino nur, dass es ihm nichts ausmacht, er wolle ja morgen nur einmal schauen wie es in der Schule so ist. Wenn er da wieder hingehen möchte, dann könnten sie ja immer noch alles für die Schule kaufen und er fügte noch hinzu, dass sie es von seinem Geld kaufen könnten, das er beim musizieren verdient hatte. Er hatte das Geld jeden Tag Sabrina gegeben, damit sie es für ihn aufbewahrt. Sabrina musste innerlich lächeln; die wenigen Münzen die sie für ihn gespart hatte, damit konnten sie gerade einmal ein paar Stifte kaufen, aber sie sagte nichts. Stattdessen nickte sie nur und meinte: ,,So können wir es machen, das ist eine gute Idee. Wir sollten jetzt noch ein paar Früchte essen und etwas trinken, denn du musst nachher zeitig schlafen gehen, die Schule beginnt immer um 8 Uhr. Wenn du zu spät isst, dann kannst du nachher nicht einschlafen.

Sie setzten sich an den Küchentisch unter dem Moro bereits lag und, wie immer, laut schnarchte. Sie aßen und tranken, sprachen noch einmal über den heutigen, schönen Tag und waren guter Dinge.

Nachdem Nino nun schon ein paar mal herzhaft gegähnt hatte und ihm fast die Augen zufielen, wünschte er Mauro und Sabrina eine gute Nacht und verschwand mit Moro in seinem Zimmer. Nicht jeden Abend hielt er es für nötig seine Zähne zu putzen oder sich noch einmal die Hände zu waschen bevor er schlafen ging. Sabrina sagte aber nichts dazu. Nino hatte doch so vieles schon gelernt in der verhältnismäßig kurzen Zeit, die er bei ihnen lebte und das würde früher oder später auch noch klappen. Ihr war es wichtig, dass Nino glücklich war und nicht mehr täglich an sein Unglück denken musste. Er war ein lieber Junge und sie und ihr Mann liebten ihn, als wäre er ihr eigen Fleisch und Blut. Das mit dem Blut stimmte ja irgendwie; jedenfalls bei Mauro. Sie beide hatten das Blut des fahrenden Volkes in ihren Adern. Sabrina lächelte vor sich hin und als Mauro sie fragte, worüber sie lächeln muss, erzählte sie ihm was sie gerade gedacht hatte. Mauro nahm seine Frau in die Arme und er flüsterte ihr ins Ohr, wie sehr er sie liebt. Auch sie liebte ihren Mann sehr und sie sagte es ihm. Eng umschlungen standen sie am Fenster und blickten in den Sternenhimmel. Sie waren sich so nahe, dass sie das Gefühl hatten, ihre Körper wären Eins.

Was für eine schöne Nacht....

Fast hätte Sabrina verschlafen. Sie war es nicht gewohnt, mit dem Wecker geweckt zu werden und hatte ihn wohl, als er klingelte, ausgemacht und war wieder eingeschlafen. Nun aber raus aus dem Bett. Sie weckte Mauro und als dieser im Bad fertig war, weckte sie Nino damit er sich fertig machen konnte. Inzwischen bereitete sie das Frühstück und machte einige Brote für Nino. Sie wusste nämlich nicht, ob Nino heute auch in der Schule essen konnte, da er ja nicht angemeldet war. Eine Flasche Wasser tat sie auch noch in den Beutel den er mitnehmen sollte. Das musste für Heute genügen. Sie hatten beschlossen, dass Mauro ihn zur Schule bringt um dann auch gleich mit dem Rektor über Nino zu sprechen. Gleich nach dem Frühstück machten sich Mauro und Nino auf den Weg. Weit hatten sie es nicht und sie konnten sich Zeit lassen. Gerne hätte Mauro die Hand des Jungen gegriffen, aber er wagte es nicht. Als hätte Nino seine Gedanken erraten, schob sich auf einmal eine kleine Hand in seine Hand, die Mauro sanft mit seinen Fingern umschloss. Mauros Herz klopfte heftig. So hatte er es sich immer gewünscht, sein Kind an seiner Hand. Wenn nur Sabrina uns jetzt so sehen könnte, dachte er. Auch Sabrina hatte sich immer ein Kind gewünscht, aber es hatte nie geklappt. Sie hatten aber beide nicht damit gehadert, denn das Schicksal hatte sie auf seltsame Weise zusammen geführt und darüber waren sie unendlich glücklich. Alles kann man eben nicht haben. Viele hatten weder das eine, noch das andere.

...und nun hatte das Schicksal ihnen Nino zugedacht.

Mauro hielt die kleine Hand ganz fest in seiner Hand. Er merkte, dass ihm vor lauter Rührung die Tränen in die Augen schossen. Zum Glück bemerkte Nino das nicht, denn der war viel zu sehr mit sich und seinen Gedanken beschäftigt. Nino war sehr aufgeregt und das hatte ihm die Sprache verschlagen. Nur noch wenige Meter bis zur Schule. Sie konnten die vielen Kinder auf dem Schulhof bereits sehen. Vor dem Schultor wartete schon Soleo mit seinen Eltern. Nino freute sich ihn zu sehen und ging gleich zu ihm.

Die Schulglocke läutete und für die beiden Jungs war der große Augenblick gekommen. Hand in Hand gingen sie hinter dem Lehrer hinterher, der sie aufgefordert hatte mit ihm zu kommen. Er zeigte ihnen den Schulraum und forderte sie auf, sich dort auf einen Stuhl zu setzen. Nach und nach kam der Lehrer mit weiteren Kindern und alle setzten sich auf einen freien Platz. Es waren nur noch zwei Plätze frei, als der Lehrer mit den letzten drei Kindern im Klassenraum erschien. Verwundert

blickte er sich um. Es fehlte ein Stuhl. Er begann die Kinder zu zählen und siehe da, die Anzahl der Stühle war richtig; es war ein Kind zu viel. Das würde sich schon aufklären dachte er bei sich und ging in den Nebenraum um noch einen Stuhl zu holen. Zum Glück waren ausreichend Tische da.
Nachdem alle Kinder saßen, begrüßte er sie mit freundlichen Worten. Er teilte ihnen mit, dass er ab Heute ihr Lehrer ist und, dass er sich sehr darauf freut, sie zu unterrichten. Gerade, als er noch etwas sagen wollte, klopfte es an der Tür und herein kamen der Rektor und Mauro. Was hatte das zu bedeuten?
Alle Augen waren auf den Rektor und Mauro gerichtet. Die beiden begrüßten die Kinder und dann sagte der Rektor zu dem Lehrer:

„Es ist noch ein Kind dazu gekommen. Ich nehme an, Sie haben es schon daran gemerkt, dass ein Stuhl fehlte. Wo ist denn nun Nino", fragte er und blickte suchend auf die Kinder.

Nino war erschrocken, als er seinen Namen hörte und wusste nicht, was er machen sollte. Soleo flüsterte ihm zu, dass er aufstehen soll und Nino tat es.

Der Rektor machte ein ganz erstauntes Gesicht, als er Nino sah und Nino ging es nicht anders.

Sie kannten einander.

„Du bist also Nino", sagte der Rektor und bat Nino nach vorne.

Er strich ihm über das Haar und sagte: „Nino, der kleine Musikant, der so schön auf der Mandoline spielen kann. Wir kennen uns ja bereits; ich habe oft deinem Spiel gelauscht, wenn du auf der Straße gespielt hast".

Nino war verlegen. Der Rektor war der Mann, der ihm, statt einer Münze, immer einen Schein in seine Mütze gelegt hatte.

„Sei willkommen, Nino", sagte der Rektor, „du kannst dich nun wieder setzen".

Dann sagte der Rektor noch zu der Klasse, dass in einer Stunde, oben im großen Saal, eine Feier für alle neuen Schülerinnen und Schüler stattfindet; zur Begrüßung.

Zum Lehrer gewandt sagte er noch, dass er ihm in der Pause alles erklären würde. Der Rektor und Mauro gingen wieder und der Lehrer konnte sich wieder den Kindern widmen. Er fragte sie zuerst nach ihren Namen und nannte ihnen auch seinen Namen. Die Kinder waren neugierig und wollten wissen, was es mit den Worten des

Rektors, dass Nino so gut Mandoline spielen konnte, auf sich hatte. Aber der Lehrer konnte die Fragen nicht beantworten und so bat er Nino doch selbst etwas darüber zu erzählen. Nino traute sich nicht und wäre am liebsten mit Mauro wieder nach Hause gegangen. Doch Soleo war da ganz anders; er kannte keine Hemmungen. Er stand auf und forderte Nino auf, es ihm gleich zu tun. Als Nino aufgestanden war, ergriff Soleo seine Hand und sagte:

„Jetzt sind wir zu Zweit und du kannst erzählen".

Den Lehrer berührte das Verhalten von Soleo; sie schienen sich zu kennen. Als Nino dann anfing von dem, was er erlebt und gemacht hatte zu erzählen, eroberte er sofort das Herz des Lehrers. Er würde Nino gut im Auge behalten, das nahm er sich vor. So ein Kind hatte er bisher noch nie unter seinen Schülern. Die erste Stunde verging schnell. Wie der Rektor gesagt hatte, gingen sie nun alle geschlossen nach oben in den großen Saal, wo die Einschulungsfeier stattfand. Jedes Kind bekam erst einmal an der Tür eine Sonnenblume geschenkt. Wie hübsch es aussah, als alle Kinder mit ihrer Blume zu den vorderen Plätzen gingen. Hinter ihnen saßen die Eltern und Verwandte. Nino hatte gesehen, dass Mauro und auch Sabrina da waren. Das beruhigte ihn, denn er war sehr aufgeregt. Als alle auf ihren Plätzen saßen, trat der Rektor ans Mikrofon und hielt eine kleine Ansprache, in der er den Kindern viel Glück auf ihrem Weg wünschte. Dann begann das Programm. Die älteren Kinder hatten einige Lieder und ein kleines Theaterstück einstudiert und trugen es vor. Alle waren begeistert und es gab sehr viel Beifall. Als das Programm zu Ende war, trat der Rektor noch einmal ans Mikrofon und verkündete, dass der erste Schultag nun beendet ist und alle Kinder der 1. Klasse nun nach Hause gehen dürfen. Er vergaß aber nicht zu sagen, dass sie morgen wiederkommen müssen. Er bat noch die Eltern, dass sie die Kinder pünktlich zum Unterricht schicken oder bringen. Aus seinen langjährigen Erfahrungen wusste er, dass die Leute es hier mit der Pünktlichkeit nicht so genau nehmen und es eine gewisse Zeit brauchte, bis alle Neuankömmlinge rechtzeitig zur Schule kommen.

Es war in jedem Jahr dasselbe und es regte ihn heute nicht mehr auf; früher war das anders, als er als junger Lehrer aus der Stadt hierher versetzt wurde. In der Stadt herrschte Pünktlichkeit an den Schulen, bei der Arbeit usw., zu spät kommen, war eine Unhöflichkeit und in der Schule gab es dafür Strafarbeiten. Innerlich musste er lächeln bei dem Gedanken an früher.

,,Kommt alle gut nach Hause. Ich hoffe, dass euch der erste Schultag gefallen hat und ihr morgen gerne wiederkommt'', sagte er zum Abschied und entschwand.

Die Kinder erhoben sich von ihren Plätzen und gingen zu ihren Eltern.

War das ein toller Schultag!

Mauro hatte Nino entdeckt und ging zu ihm. Er nahm Soleo gleich mit, denn seine Eltern warteten, zusammen mit Sabrina, am Ausgang. Die Jungs hatten hatten hochrote Wangen von der Aufregung und bekamen erst einmal einen Schluck Wasser. Auf die Frage, wie ihnen der erste Schultag gefallen hat, strahlten beide um die Wette und sagten, dass sie es ganz toll fanden und morgen wieder in die Schule wollten. Damit war die Sache geklärt. Nino wollte auch wieder in die Schule gehen. Also mussten Sabrina und Mauro jetzt gleich mit ihm eine Schultasche kaufen und alles, was er sonst noch für die Schule benötigte. Eine Schuluniform war nicht vorgeschrieben, da sich die wenigsten Eltern diese, für ihre Kinder, leisten konnten. Aber ein weiteres Paar Schuhe brauchte Nino noch und so machten sie noch einen schönen Einkaufsbummel. Soleo war mit seinen Eltern schon nach Hause gegangen. Die beiden Jungs hatten sich für morgen verabredet; sie wollten gemeinsam zur Schule gehen. Als sie alles eingekauft hatten, schlug Mauro vor, dass sie in der Taverne etwas essen sollten, dann brauchte Sabrina zu Hause nicht erst anfangen zu kochen; außerdem hatte Mauro tierischen Hunger. Hatte er doch heute früh nichts gegessen, denn auch für ihn war Ninos erster Schultag sehr aufregend. Er hatte ja keine Ahnung, wie Nino reagieren würde. Damals, als er zur Schule gehen sollte, hatte er sich geweigert und war auch nach dem ersten Tag nicht wieder dort hingegangen. Erst ein Jahr später war er bereit, in die Schule zu gehen. Um so dankbarer war er jetzt, dass bei Nino alles so unkompliziert lief und es keine Tränen oder Gemecker gab. Auch Sabrina war heilfroh, dass Nino alles so gut fand und morgen wieder in die Schule wollte. Es schien, als hätte er für den Moment seine Mandoline vergessen. Sie kehrten in der Taverne ein und Mauro bestellte für jeden einen Teller Spaghetti und etwas zu trinken. Durstig waren sie, denn noch immer brannte die Sonne auf die ausgetrocknete Erde.

,,Ich bin mir sicher, dass meine Eltern mich heute in der Schule gesehen haben", sagte Nini auf einmal.

Sabrina und Mauro blieb fas das Herz stehen als sie seine Worte vernahmen. Sie waren sprachlos und befürchteten das Schlimmste. Was ging in Nino vor? Kommen die Erinnerungen in ihm hoch?

Sie schauten ihn an, doch er lächelte.

,,Wisst ihr, sie wissen alles, denn jeden Abend im Bett erzähle ich ihnen wie mein Tag war und sie erzählen mir, was sie gemacht haben. Sie sind froh darüber, dass es mir bei euch so gut geht und wenn sie Zeit haben, dann kommen sie zurück".

Er schaute Sabrina und Mauro an und meinte:

„Lasst uns jetzt essen, sonst werden die Spaghetti noch kalt".

Er nahm seine Gabel und fing an zu essen. Mauro und Sabrina hatten nach seinen Worten Mühe, etwas zu essen; so nahe ging ihnen das. Es fiel ihnen schwer, sich nichts anmerken zu lassen. Nino hatte keine Ahnung, dass seine Eltern noch lebten und ihn einfach in Stich gelassen hatten.

Auch wenn Nino nicht ihr Kind war, so dachten sie jetzt, dass es ihnen wie vielen Eltern ging; denn eigentlich wussten sie ziemlich wenig davon, was in seinem Inneren vorging. Sie waren nur froh, dass Nino anscheinend für sich einen guten Weg gefunden hatte, um mit seiner Situation umzugehen. Beide nahmen sich vor, öfter mit Nino über seine Gefühle zu sprechen, damit er sich nicht in seinem Inneren verliert und das für ihn zur Realität wird. Denn auch nach so vielen Monaten hatten sie keine Spur von seinen Eltern. Entweder wusste tatsächlich niemand etwas oder sie hüllten sich alle in schweigen, wenn sie bei der Polizei nachfragten. Beides war gleich schlimm, aber das konnten sie ihm doch nicht sagen. Sie hatten arge Befürchtungen was seine Eltern betraf. Menschen können doch nicht auf einmal spurlos verschwinden oder doch?

Als sie gegessen hatten, machten sie

sich auf den Heimweg. Nino plapperte unentwegt. Die Schule hatte ihn mächtig beeindruckt und mit Soleo an seiner Seite fühlte er sich gut. Er war stolz auf seine Schulsachen und die neuen Schuhe; zu Hause wollte er Moro gleich alles zeigen. Das war nämlich so ein Ding heute früh. Wie immer wollte Moro mitgehen, aber er durfte nicht. Sabrina fiel es nicht leicht, Nino zu erklären, dass Moro nicht mit zur Schule durfte. Sie hatten vergessen, es ihm zu sagen. Auch Moro schaute ganz traurig, als er mit Sabrina zurückblieb. Als Sabrina später auch noch ging ohne ihn mitzunehmen, legte er sich traurig auf Ninos Bett. Er tat Sabrina leid, aber daran musste sich Moro gewöhnen, dass er ab Heute eventuell den ganzen Tag ohne Nino auskommen musste.

Zu Hause angekommen lief Moro ihnen freudig entgegen. Nino verzog sich mit ihm gleich in sein Zimmer und zeigte ihm die neuen Sachen. Seine Schulmappe war wirklich toll und er packte die Hefte und Stifte gleich hinein. Moro steckte seine Nase in die Schultasche und Nino musste darüber lachen. Danach legten sich beide auf das Bett und hielten Siesta. Halten sie in der Schule auch Siesta?

Sicherlich dachte er bei sich, schließlich ist man nach einem halben Schultag müde und muss wieder fit werden für den Nachmittagsunterricht.

Natürlich hielten sie in der Schule keine Siesta, wie er es kannte, aber sie hatten dort einen Ruheraum für die Kinder, die über Mittag nicht nach Hause gehen konnten. Auch für eine Mahlzeit wurde in der Schule gesorgt und Getränke gab es den ganzen Tag kostenlos. Bestimmt hatte Nino schon über eine Stunde geschlafen, als es an seiner Tür klopfte und Mauro ihn rief. Nino machte die Augen auf und blinzelte verschlafen.

„Du musst aufstehen, sonst kannst du in der Nacht nicht schlafen", sagte Mauro zu ihm.

Nino reckte sich und stand auf. Klar, es war gut, dass Mauro ihn geweckt hat; musste er doch ab nun früher schlafen gehen als sonst, damit er morgens zeitig ausgeschlafen hat. Vorher war es egal wann er schlief oder aufstand; er war ja zu nichts, außer sich selbst, verpflichtet.

Nino sah seine Schultasche und ihm wurde jetzt erst richtig klar, dass es kein Traum ist; dass er wirklich alle diese schönen Dinge bekommen hatte

und er von nun an in die Schule gehen würde. Gemeinsam verbrachten sie noch einen schönen Nachmittag für den Sabrina extra noch schnell eine Erdbeertorte gemacht hatte. Sie schmeckte köstlich mit den frischen Früchten vom Feld.
„Beeile dich, Nino, es wird Zeit", rief Sabrina, „du willst doch Soleo zur Schule abholen und vorher musst du noch etwas frühstücken".
Ganz gegen seine Gewohnheiten trödelte Nino heute im Bad. Aber er wollte sich besonders schön machen für den Schultag und hatte sich von Mauros Haaroel in die Haare geschmiert. Natürlich hatte er viel zu viel davon genommen und bekam es nicht wieder raus. So sehr er sich auch bemühte, es half nichts und er musste Sabrina rufen. Als sie ihn sah, konnte

sie sich nur mit großer Mühe das Lachen verkneifen.

„Schnell, ich wasche dir die Haare noch einmal, dann ist alles raus", sagte sie.

Das war auch erledigt und Nino konnte endlich frühstücken.

Als er damit fertig war, reichte Mauro ihm die Schulmappe und Sabrina hielt Moro fest; der natürlich mit wollte. Sie wünschten ihm einen schönen Tag und winkten ihm noch einmal als er sich umdrehte. Dann war Nino hinter der Biegung verschwunden und sie gingen ins Haus. In einer Stunde würde auch die alte Teresa kommen und bis dahin hatten sie noch Zeit für sich. Sie konnten in aller Ruhe über Nino sprechen und über das, was er gestern in der Taverne sagte. Auch beschlossen sie, dass sie noch einmal in die Stadt

fahren wollten um dort auf dem Polizeirevier nach Ninos Eltern zu fragen. Vielleicht wussten sie dort etwas, was bisher, hier auf dem Revier, noch nicht bekannt war. Sie tranken ihren Espresso, als auch schon Teresa zur Tür herein kam. Sie berichtete sofort, dass die beiden Buben gemeinsam zur Schule gegangen sind und alles in Ordnung war. Sie trank auch noch einen Espresso und dann machte sie sich mit Sabrina an die tägliche Arbeit. Mauro nahm seinen Hut und ging hinaus auf die Felder.
Fast alle Kinder waren schon vor dem Schultor versammelt, als es läutete. Der Rektor öffnete die große Tür und ließ die Kinder herein. Er hatte zwar gesagt, sie sollten nicht rennen, aber seine Worte gingen im Geschrei der Kinder unter. Es war jeden Morgen

dasselbe und würde sich wohl auch nie ändern. Er liebte seine Schülerinnen und Schüler. Er war gerne Lehrer und Rektor an dieser Schule. Denn, obwohl er aus der Stadt kam, wurde er herzlich in die Dorfgemeinschaft aufgenommen und kannte jede Familie. Oft genug wurde er eingeladen, am Sonntag mit einer der Familien den Tag zu verbringen, als er noch nicht verheiratet war. Jetzt war das anders. Er hatte hier seine Frau kennengelernt und inzwischen hatten sie vier Kinder. Sie lebten in dem kleinen Haus hinter der Schule ein bescheidenes, aber sorgenfreies und glückliches Leben. Er war mit sich und der Welt zufrieden. O Alle Kinder suchten ihre Klassenräume auf und der Unterricht konnte beginnen.

So vergingen die ersten Tage und als

am Donnerstag der Lehrer sagte, dass sie morgen ihre erste Musikstunde haben werden und Nino unbedingt seine Mandoline mitbringen sollte, da war er ganz stolz.

Als er am späten Nachmittag zu Hause ankam, erzählte er es gleich Sabrina. Sie wunderte sich nicht, denn Mauro hatte dem Rektor ja erzählt, dass Nino so ergreifend Mandoline spielen konnte und außerdem, hatte der Rektor ihn ja bereits mehrmals spielen gehört, wie sich kurz darauf herausstellte.

So ging Nino am nächsten Tag mit seiner Schultasche und der Mandoline in die Schule. Wie jeden Tag hatte er Soleo abgeholt. Die beiden waren mittlerweile unzertrennlich und sie trafen sich auch nach der Schule und am Sonntag. Schon mehrmals, wenn Nino in den Straßen Musik machen wollte, hatte Soleo ihn begleitet. Mittlerweile kannte Soleo die Lieder und wenn Nino zur Mandoline sang, dann sang er mit. Auch war er nicht zimperlich, wenn Nino geendet hatte, ergriff Soleo die Mütze und ging damit zu den Leuten. Selten gab einer keine Münze, denn so klein wie er noch war, hatte er doch schon immer einen lustigen Spruch auf der Zunge und sie konnten seinem schelmischen Charme nicht widerstehen. Er war also eine Hilfe für Nino. Das Geld, das er verdiente, gab er Sabrina zum sparen. Nur wenn Soleo dabei war, dann spendierte er ihm und sich ein Eis bevor sie nach Hause gingen.

Sie waren ein Herz und eine Seele; das war gut so. Ihren Familien war es nur recht, dass die beiden Jungen sich so gut verstanden. Der Altersunterschied war ihnen nicht anzusehen obwohl Nino in etwa zwei Jahre älter war als Soleo, da sie beide fast gleich groß waren.

Sie kamen pünktlich in der Schule an und gingen gleich in ihren Klassenraum. Seine Mandoline stellte Nino neben sich.

In den ersten drei Stunden hatten sie ihren Klassenlehrer, der versuchte, ihnen das Alphabet beizubringen. Das war nicht so einfach, aber wie immer, aller Anfang ist schwer. Nino versuchte die Buchstaben so sauber wie möglich zu Papier zu bringen, während Soleo es nicht so genau nahm. Ihm war es egal, ob der Strich schräge nach oben war oder gerade. Er lachte darüber wenn er seine Buchstaben mit denen von Nino verglich.

„Jetzt ist genug für Heute", sagte der

Lehrer, „ihr könnt eure Hefte und Stifte einpacken, denn in der nächsten Stunde habt ihr Musik. Doch zuvor könnt ihr Mittagessen und Siesta halten. Danach geht es dann weiter".

Die Kinder packten ihre Sachen ein und gingen aus dem Klassenzimmer. Die einen gingen zum Essen nach Hause und die anderen gingen in die Kantine um dort zu essen.

„Hallo Kinder, ihr habt mich ja schon kennengelernt. Ich bin euer Musiklehrer und heute habt ihr eure erste Stunde bei mir. Ich hoffe, Nino hat seine Mandoline mitgebracht, denn am Ende der Stunde soll er für uns darauf spielen", sagte der Rektor zur Begrüßung.

Erwartungsvoll blickten die Kinder ihn an. Sie freuten sich auf die Musikstunde. Der Rektor fragte, ob sie das Lied von der Taube kannten und als alle es bejahten, schlug er vor, dass sie es jetzt gemeinsam singen wollen. Er gab den Ton vor und sie fingen an zu singen. Wie schön es klang und als sie endeten, klatschte der Rektor ihnen Beifall.

„Das habt ihr ganz toll gemacht, aber wisst ihr auch, wer das Lied geschrieben hat und wie alt es schon ist? Eure Großeltern und deren Großeltern haben es schon gesungen", sagte der Rektor und blickte in die Runde.

Als niemand seine Fragen beantworten konnte, begann er die Geschichte des Liedes zu erzählen. Er erzählte ihnen auch, dass gerade das fahrende Volk dafür gesorgt hatte, dass auch in dem kleinsten Dorf ein jeder dieses Lied kannte und es von Generation zu

Generation weiter gegeben wurde. Die Kinder mucksmäuschenstill still und hörten ihm aufmerksam zu. Als letztes sagte der Rektor noch, dass sie am Ende der Stunde das Lied noch einmal singen sollen und Nino würde sie auf der Mandoline dazu begleiten. Dann setzte er den Unterricht fort. Es wurde ein lockere Stunde in der, nicht nur die Kinder, ihren Spaß hatten. Der Rektor hatte nämlich jedem Kind eine Maultrommel gegeben und sie übten alle fleißig. So einfach war das nämlich gar nicht, denn manch einer produzierte die lustigsten Töne das alle lachen mussten. Aber auch der schönste Unterricht geht einmal zu Ende und nun musste Nino mit seiner Mandoline nach vorne kommen. Diesmal schaffte er es ohne Soleo; er fühlte sich jetzt sicherer als zu Anfang.

„Du kennst das Lied ja", sagte der Rektor zu ihm, „bei Drei geht es los".
Eins, zwei, drei.....
Nino begann zu spielen und schlagartig breitete sich Stille im Klassenraum aus. Statt mitzusingen, wie der Rektor es dachte, lauschten die Kinder seinem Spiel. Der Rektor war erstaunt und sagte aber nichts. Er ließ Nino spielen und in seinen Gedanken sah er wieder den kleinen, schmutzigen Jungen auf der Straße, der so herzergreifend auf seinem Instrument gespielt hatte. Auch jetzt war er wieder ergriffen von dem Spiel. Nino hatte es gemerkt, dass die Kinder nicht mit gesungen haben und er fing an, zu singen. Das Lied von der Taube hatte er schon so viele Male auf der Straße gesungen, Nur, was der Rektor heute darüber erzählt hat, das hatte er nicht gewusst.

Als Nino sang, fingen auch die anderen Kinder an zu singen. Es war ein ganz berührender, wunderbarer Abschluss der ersten Musikstunde für den Rektor. Der Rektor bedankte sich bei Nino und den Kindern und entließ sie dann nach Hause. Für heute war die Schule zu ende. Auch Soleo und Nino machten sich auf den Heimweg. Am Haus von Soleo angekommen trennten sie sich und Nino ging den kurzen Weg zu seinem Haus allein weiter. Sabrina und Mauro warteten schon auf ihn, denn sie waren neugierig zu erfahren, warum Nino heute seine Mandoline mit zum Unterricht nehmen sollte. Sie sahen ihn schon kommen und winkten. Nino setzte sich zu ihnen auf die Bank vor dem Haus. Er schwitzte und Mauro reichte ihm erst einmal ein Glas frischen Orangensaft.

„Wie war es, erzähle uns, warum du die Mandoline mitbringen solltest?", fragte Sabrina als Nino ausgetrunken hatte.

Nino erzählte und erzählte; er war ganz aufgeregt, denn das spielen vor der ganzen Klasse war für ihn etwas Neues, etwas ungewohntes. Gut, er spielte auf der Straße auch manchmal vor vielen Menschen, aber die kannte er ja nicht und es machte ihm nichts aus. Seine Klasse, das war schon etwas besonderes; jedenfalls empfand er es so. Mauro und Sabrina waren Hocherfreut als sie alles gehört hatten. Sie lobten ihn und Sabrina nahm in fest in ihre Arme.

„Weißt du, Mama, es war so ein schöner Tag heute", sagte er, als er in ihrem Arm lag.

Sie trauten ihren Ohren nicht. Wieder

einmal sagte Nino etwas, was sie Beide aus der Fassung brachte. Er hatte Mama zu ihr gesagt. Mauro konnte nicht mehr, er stand auf und ging ins Haus. Sein Herz fing an zu schmerzen. Er dachte an damals, als er in Ninos Alter war und bei Sabrina und ihren Eltern aufwuchs. Wie lange hatte er gebraucht, bis er ihnen vertraute. Wie einsam war er damals; einsam und so unglücklich. Er wünschte, er hätte so sein können, wie Nino. Viele Tränen wären ihm erspart geblieben. Viele Nächte, in denen er nicht schlafen konnte und sich so sehr nach seinen Eltern gesehnt hatte.

Er hatte seine toten Eltern vor Augen und die Tränen liefen über sein Gesicht. Er ging ins Schlafzimmer und weinte wie ein Kind.

Sabrina hatte es auch tief berührt, als

Nino sie Mama nannte, aber sie hatte auch den Schmerz in Mauros Augen gesehen. Am liebsten wäre sie zu ihm gegangen, aber dann hätte Nino etwas mitbekommen; das sollte er nicht. Er hatte ja nichts falsches gesagt; ganz im Gegenteil, seine Worte wärmten ihr Herz und sie wusste, das Mauro auch so empfand, aber die Erinnerung an seine Vergangenheit hatte ihn eingeholt. Sie erinnerte sich noch gut an damals, als Mauro so jung war wie Nino. Wie traurig war er immer und auch ihr gelang es selten, ihn aufzuheitern. Es war eine schwere Zeit für alle. Die Einzige, die mehr Zugang zu ihm hatte, war die alte Teresa; zu ihr ging er manchmal und sprach mit ihr. Sie durfte ihn auch in die Arme nehmen und trösten.

Lange durfte außer ihr ihn niemand

anfassen. Sabrina hatte damals einmal versucht ihn an die Hand zu nehmen, aber er hatte seine Hand weggezogen. Das alles kam auch ihr wieder in den Sinn und sie wusste, dass ihr Mann litt. Wäre er damals so, wie Nino heute, hätte vieles einfacher für ihn sein können; oder vielleicht auch nicht, denn Ninos Eltern lebten; er hatte nicht mit ansehen müssen, wie seine Eltern starben; so wie er damals.
Langsam fing Mauro sich wieder.
Soleo war gekommen um mit Nino zu spielen. Aber der hatte keine Lust und wollte lieber an der Promenade auf seiner Mandoline spielen. Soleo war einverstanden und so zogen die beiden los. Sabrina ging ins Haus um nach ihrem Mann zu sehen. Sie fand ihn im Schlafzimmer auf dem Bettrand sitzend. Ohne Worte setzte sie sich

neben ihn und nahm ihn in ihre Arme. Sie verstand, was in ihm vorgegangen war als Nino sie Mama nannte. Mauro legte seinen Kopf auf ihre Schulter und Sabrina streichelte ihm über den Rücken. Wie froh war Mauro, dass er in Sabrina eine so gute Frau gefunden hatte; er liebte sie über alles. Eine ganze Weile saßen sie so eng umschlungen bis Mauro sagte:

„Sabrina, es geht schon wieder. Danke, dass du immer für mich da bist Ich liebe dich so sehr". Er gab ihr einen zärtlichen Kuss und stand auf.

Sabrina folgte ihm in die Küche und setzte erst einmal einen starken Espresso auf. Den konnten sie beide jetzt gut gebrauchen. Sie setzten sich an den Küchentisch und sprachen noch einmal über alles. Beide waren sich einig, wenn Nino sie Mama nennen wollte, dann würden sie nichts dagegen sagen. Alles, was ihm half, mit seinem Schicksal nicht zu hadern, war gut für ihn. Das wollten sie nicht zerstören und wenn eines Tages seine Eltern wiederkommen, dann würde das sich von allein regeln. So dachten sie in diesem Moment. Doch, sie konnten nicht ahnen, dass alles ganz anders kommen sollte....

Während sie noch am Küchentisch saßen, klopfte es plötzlich an der Tür. Mauro ging, um sie öffnen und sah den Rektor der Schule vor sich. Er wunderte sich; was wollte der Rektor hier? Er bat ihn herein und Sabrina goss ihm auch einen Espresso ein. Der Rektor kam gleich zum Punkt.

,,Ich bin gekommen, weil ich euch einen Vorschlag machen möchte. Er betrifft Nino und sein musikalisches

Talent. Wie ihr wisst, bin ich selber ein ausgebildeter Musiker und ich möchte seine Begabung fördern. Ich möchte ihm Privatunterricht geben, denn es wäre sehr bedauerlich, wenn sein Talent verkümmern würde. Aus ihm kann etwas ganz großes werden; da bin ich mir absolut sicher. Wenn ihr einverstanden seid, dann besprecht das mit Nino. Ich würde mich sehr freuen, wenn ihr meinen Vorschlag annehmen würdet", sagte er.

Trank eine Schluck von seinem Espresso und sah die Beiden an.

Was würden sie zu seinem seinem Vorschlag sagen?

Damit hatten Mauro und Sabrina nicht gerechnet und sie mussten die Worte des Rektors erst einmal verdauen. Das Nino hervorragend Mandoline spielte und sang, das hatten sie ja schon von

Anfang an gewusst, aber, dass es zu mehr reicht, daran hatten sie nie gedacht. Nun hatten sie es aus dem Mund des Rektors vernommen und sie zögerten keinen Moment, dem Rektor zu sagen, dass von ihrer Seite aus keinerlei Bedenken bestehen und sie es gut finden würden, wenn er sich diesbezüglich um Nino kümmern würde. Aber sie sagten auch, dass sie es erst mit Nino besprechen müssten wenn er am Abend zurück ist.

Der Rektor trank noch seinen Espresso aus und verabschiedete sich dann.

Sabrina und Mauro konnten es gar nicht erwarten, dass Nino endlich nach Hause kam und sie ihm die Neuigkeit erzählen konnten. Sie waren gespannt auf seine Reaktion und hofften, dass er sich darüber freuen würde. So ungefähr zwei Stunden mussten sie sich schon noch gedulden bis Nino kam. Sie legten sich hinter dem Haus auf die Wiese und jeder hing seinen Gedanken nach. Wie schön es hier war und so ruhig und friedlich. Sie lebten gerne hier und waren mit ihrem Leben zufrieden.

„Hallo, schlaft ihr?", fragte eine Stimme. Sie hatten gar nicht bemerkt, dass Nino gekommen war und schlugen die Augen auf. Sie versicherten ihm, dass sie nicht geschlafen hatten, sondern nur geträumt.

Sie standen auf und gingen mit Nino ins Haus. Es war Zeit für das Abendessen und sie waren hungrig. Nino legte sein verdientes Geld auf den Küchentisch und ging dann ins Bad um sich frisch zu machen. Währenddessen deckte Mauro den Tisch und Sabrina holte den Pasta-Auflauf aus dem Ofen.

Der war jetzt geradeso warm, dass man ihn gleich essen konnte. Sie machte noch Oel und Zitroe an den Salat und fertig war alles, als Nino auch schon kam und sich auf seinen Platz setzte. Er war heute mächtig hungrig und er aß in einem Tempo, da konnte man nur staunen. Als dann aus seinem Mund auch noch ein Aufstoßer flutschte mussten sie lachen und Sabrina sagte: „Siehst du, wenn man zu hastig isst, dann schluckt man zu viel Luft und die muss wieder raus".
Alle lachten.
Als sie fertig waren mit dem Essen, sagte Mauro zu Nino, dass er noch sitzen bleiben soll, denn sie hätten ihm etwas Gutes zu sagen.
Er fing an und er erzählte Nino, dass der Rektor bei ihnen war und was er gesagt hatte. Nun waren sie auf Ninos

Meinung gespannt und sahen ihn an.

„Mein Traum, mein Trau, er wird wahr", rief Nino und umarmte erst Mauro und dann Sabrina. Sein Kopf war hochrot und man merkte ihm die Aufregung an.

„Was für ein Traum?", fragten Sabrina und Mauro fast, wie aus einem Munde.

Nino erzählte ihnen, dass er in seinem Traum einmal ein großer Mandolinen Spieler werden würde und die ganze Welt um zujubelte. So oft hatte er schon diesen Traum und er glaubte fest daran. Gesagt hatte er bisher noch nie etwas darüber, denn über Träume spricht man nicht, da sie sich sonst nicht in erfüllen. Seine Eltern hatten es immer zu ihm gesagt und er glaubte daran. Jetzt hatte er doch über seinen Traum gesprochen, denn seine Freude, über das Angebot des Rektors, war zu groß. Gerne wollte er das Angebot annehmen um zu lernen. Vielleicht würde der Rektor ihm auch das Notenlesen beibringen, denn das konnte er nicht. Er spielte alles nach dem Gehör. Sabrina und Mauro freuten sich, dass Nino sofort einverstanden war.

Sabrina holte drei Gläser aus dem Küchenschrank und goss, für sich und Mauro, von dem guten Rotwein ein. Für Nino hatte sie Kirschsaft eingeschenkt und dann stießen sie auf Ninos Glück an. Eine Weile blieben sie noch sitzen und sprachen darüber, aber dann wurde es für Nino Zeit, ins Bad zu gehen um sich für die Nacht fertig zu machen. Glücklich ging Nino mit Moro in sein Zimmer und schaute träumend in den glitzernden Sternenhimmel über ihm. Schnell fielen ihm die Augen zu und als Mauro noch einmal nach ihm sah, war er bereits tief und fest eingeschlafen.

Am nächsten Tag ging Mauro mit Nino zur Schule. Er wollte dem Rektor gleich sagen, dass Nino sich auf den Unterricht bei ihm freute und schon ganz aus dem Häuschen war. Von Ninos Traum würde er ihm allerdings nichts erzählen.

Sie holten noch Soleo ab und gingen dann gemeinsam den restlichen Weh bis zur Schule. Als sie dort ankamen, läutete schon die Schulglocke und der Rektor öffnete die große Tür. Sie gingen hinein und die beiden Buben marschierten gleich weiter zu ihrem Klassenzimmer. Mauro wartete bei der Tür bis der Rektor alle Kinder hinein gelassen hatte. Dann ging er zu ihm und erzählte, was Nino gesagt hatte.

„Sehr gut! Dann werde ich Nino zweimal in der Woche unterrichten; ich denke, dass es für den Anfang erst einmal genug ist. In den Ferien würde ich aber gerne jeden Vormittag mit ihm üben", sagte der Rektor zu Mauro. Mauro war damit einverstanden und verabschiedete sich von dem Rektor. Er kaufte noch zwei Brote und machte sich dann auf den Heimweg. Sabrina empfing ihn erwartungsvoll und er berichte ihr über sein Gespräch mit dem Rektor und, was sie vereinbart hatten. Sie fand das auch in Ordnung, denn Nino musste ja noch für die Schule lernen und etwas Freizeit sollte ihm auch bleiben um mit Soleo und anderen Kindern zu spielen. Ja, Nino hatte Freunde gefunden in der Schule und oftmals spielten nach der Schule alle zusammen. Das sollte auch so bleiben. Die Kontakte waren für Nino sehr wichtig.

Nach dem Unterricht fing der Rektor Nino ab und erzählte ihm, was er mit Mauro besprochen hatte.

„Bist du einverstanden?", fragte ihn der Rektor.

Nino bejahte seine Frage und sagte ihm, dass er sich schon darauf freut.

„Gut, dann kannst du morgen deine Mandoline mitbringen", antwortete der Rektor.

Nino verabschiedete sich und ging mit Soleo, der auf ihn gewartet hatte, nach Hause.

So vergingen Wochen, Monate und Jahre. Nino war gut in der Schule. Er konnte Noten lesen und wurde immer besser auf seiner Mandoline. Zu Mauro und Sabrina hatte er ein sehr inniges Verhältnis und er nannte sie Vater und

Mutter. Seine Eltern hatten sie leider nicht ausfindig machen können, was sie als sehr traurig empfanden. Aber sie konnten es, trotzt aller Bemühungen, nicht ändern. Mit Soleo verband ihn nach wie vor eine dicke Freundschaft; sie waren wie Brüder und machten fast alles gemeinsam.

Die alte Teresa war inzwischen gestorben, was in allen große Trauer hervor gerufen hatte und es dauerte eine ganze Weile bis sie akzeptieren konnten, dass sie nicht mehr bei ihnen ist. Nino fehlte seine Vertraute und er war sehr traurig, dass sie auf ihre letzte Reise gehen musste. Für Soleo und seine Geschwister war es ganz schlimm. Sie hatten nun keine Großmutter mehr und einen Großvater gab es auch auch nicht. Alle versuchten einander, so gut es ging, zu trösten.

Nur langsam ließ der Schmerz nach.....
Aber da gab es auch die schönen Seiten. Nino durfte, und nicht nur auf allen Schulfesten, auf der Mandoline spielen und dazu singen. Die Menschen waren begeistert und er genoss es. Sogar in der Stadt hatte er schon bei mehreren Aufführungen gespielt und die Zeitung hatte einen flammenden Artikel über ihn geschrieben. Den hatte Sabrina für ihn eingerahmt und an eine Wand in seinem Zimmer gehängt. Sie waren alle sehr stolz darauf. Auch war ein, in der Welt sehr bekannter, Mandolinenspieler an den Rektor herangetreten und wollte Nino für seine Tournee gewinnen, doch Mauro und Sabrina lehnten das ab. Zuerst sollte Nino seine Schulabschluss machen und dann könnte man weiter sehen. Es war ein sehr verlockendes Angebot und

wäre auch gut bezahlt worden, aber ohne einen Schulabschluss wollten sie ihn nicht in die Welt schicken. War er doch sowieso mindestens 2 Jahre älter als die anderen in seiner Klasse. Jedenfalls hatten sie es so in den Papieren eintragen lassen, die er von der Kirche bekam. Da sie auch Ninos Familiennamen nicht kannten, hatten sie ihren Namen angegeben und der Pfarrer akzeptierte es, denn einen Namen musste er ja haben, da er sonst auch kein Dokument bekommen konnte. Die vielen Bemühungen des Pfarrers, Ninos Eltern ausfindig zu machen, blieben leider auch erfolglos.

Aus Nino war inzwischen ein junger Mann geworden. Er sah gut aus und er bemerkte schon die Blicke der jungen Mädchen, wenn sie an ihm vorbei gingen. Aber er konnte damit noch sehr wenig anfangen; denn er interessierte sich nur für seine Mandoline. Mädchen hatten da keinen Platz. Soleo war da schon anders, der pfiff jedem Mädchen hinterher oder ließ einen lockeren Spruch ab. Er freute sich dann, wenn die Mädchen verlegen kicherten. Natürlich konnte er das nur auf dem Pausenhof machen, denn draußen, auf der Straße, traf man die jungen Mädchen sehr selten alleine an. Ab einem gewissen Alter ließen ihre Familien sie nur noch in Begleitung raus. Es war so Sitte und niemanden kannte es anders.

Noch ein halbes Jahr hatten sie vor sich und dann kam der große Moment des Abschluss in der Schule. Beide waren gut und brauchten keine Befürchtungen zu haben, dass sie ihren Abschluss nicht schaffen würden.

Sie freuten sich alle darauf. Endlich morgens einmal ausschlafen, so dachten sie. Für Soleo war es klar, dass er auf den Feldern seines Vaters arbeiten würde, da er später einmal alles erben würde. Seine beiden Geschwister hatten kein Interesse daran und wollten etwas anderes lernen. Für Nino gab es nach wie vor nur ein Ziel. Er wollte ein Musiker werden und die Welt erobern.

Endlich war es soweit.

Der große Saal in der Schule hatte kaum Platz für alle Angehörigen. Alle wollten dabei sein, wenn ihr Kind, Enkel, Bruder oder Schwester heute ihren großen Tag hat. Feierlich sollte den Schülerinnen und Schüler ihr letztes Zeugnis überreicht werden. Es dauerte eine Ewigkeit, bis endlich Ruhe einkehrte und der Rektor endlich seine

Ansprache halten konnte. Danach sangen Kinder der unteren Klassen ein Lied oder führten ein kleines Theaterstück auf.
Der Rektor, die Lehrerinnen und Lehrer versammelten sich anschließend oben auf dem Podest und die Zeugnisvergabe wurde angekündigt.
Eine Lehrkraft rief die Namen auf und sie mussten einzeln nach vorne kommen. Dort gratulierte ihnen der Rektor und gab jedem noch ein paar Worte mit auf den Weg. Danach gingen sie weiter zu ihrem jeweiligen Lehrer oder ihrer Lehrerin und bekamen ihr Zeugnis. Alle waren aufgeregt vor Freude. Jedes mal, wenn einer sein Zeugnis in den Händen hielt, gab es Beifall von den Angehörigen. Im Anschluss, an die Zeugnisvergabe, gingen alle in den Schulhof, wo Essen

und Trinken für alle vorbereitet war. Einige Männer aus dem Dorf waren gekommen und spielten auf ihren Instrumenten lustige Weisen. Es wurde eine schöne Abschlussfeier, die weit bis in den Abend hinein reichte.

Doch, bevor der Abend endete, bat der Rektor Nino, dass er noch einmal für alle auf der Mandoline spielt und dazu singt. Der Rektor reichte ihm seine Mandoline. Nino schaute verdutzt, denn er wusste nicht, dass Mauro seine Mandoline mit in die Schule genommen hatte. Durch sein Mikrofon bat der Rektor die Anwesenden um Ruhe, da Nino noch für sie spielen wollte. Augenblicklich kehrte Ruhe ein, denn sie alle liebten es, wenn Nino spielte und dazu sang.

Nino nahm seine Mandoline und spielte das alte Lied von der Taube. Als er

auch noch zu singen begann, waren alle tief berührt. Seine warme, melancholische Stimme erfüllte die Abenddämmerung. Einen schöneren Abschluss hätte es nicht geben können. Diesen Tag würde keiner vergessen.
Damit war auch der Abend zu Ende und alle machten sich auf den Heimweg.
Mauro, Sabrina und Nino waren sehr glücklich. Was Nino nicht wusste war, die beiden hatten noch eine Überraschung für ihn. Zu Hause angekommen gingen sie gleich in die Küche um noch einen Espresso zu trinken und, um miteinander über den heutigen Tag zu sprechen. Auch wollten Sabrina und Mauro sich sein Zeugnis erst einmal in Ruhe anschauen. Dazu war vorher keine Gelegenheit. Beide waren der Meinung, dass Nino es nicht

hätte besser machen können und sie sagten es ihm. Sie waren so stolz auf ihren Jungen. Nino war unheimlich glücklich über seinen guten Abschluss und bedankte sich bei den Beiden für ihre jahrelange Hilfe, ihre Liebe und Unterstützung. Wer weiß, was aus ihm geworden wäre, wenn die Beiden sich nicht seiner angenommen hätten.
Er liebte sie von ganzem Herzen und war ihnen unendlich dankbar. Er nannte sie Mama und Papa. Sehr gut erinnerte er sich an jenen Tag, als er das erste Mal zu Mauro Papa sagte und dieser in Tränen ausbrach. Er saß in der Küche auf seinem Stuhl und weinte wie ein kleines Kind. Dieser stattliche, große Mann, den sonst nichts aus der Fassung bringen konnte, wurde von seinen Gefühlen überwältigt. Nino erinnerte sich auch an das, was

er damals zu ihm sagte.

-Nino, du bist neben Sabrina, dass Beste, was mir in meinem Leben passieren konnte.; ich liebe dich mein Sohn und er hatte ihn in die Arme genommen.

Mauro war aufgestanden und hatte einen Brief aus der Schublade genommen.

,,Nino, dieser Brief ist vor 3 Wochen für dich angekommen: Er ist ungeöffnet, da wir uns denken können, was darin steht. Wir haben ihn dir nicht gegeben, da du erst einmal deine Prüfungen hinter dich bringen solltest und nicht durch den Inhalt des Briefes abgelenkt bist. Heute nun ist der richtige Zeitpunkt, dass du ihn bekommst. Lies ihn, ich denke, es wird eine gute Nachricht für dich sein", sagte Mauro und gab Nino den Brief.

Aufgeregt öffnete Nino den Brief und las:

………usw……

Wenn du einverstanden bist, hole ich dich nach den Sommerferien zu mir in die Stadt und ich verspreche dir, dass du die Chance bekommst, vor großem Publikum zu spielen.

Immer und immer wieder las Nino den Brief. Das konnte er nur träumen, oder war es Wirklichkeit? Er reichte Sabrina den Brief und zusammen mit Mauro las sie, was der bekannte Mandolinenspieler, Enrico Vagabondo, geschrieben hat. So war ihre Vorahnung richtig. Er hatte es damals gesagt, als er mit dem Rektor sprach und er hielt Wort. Hier stand es nun schwarz auf weiß; er wollte, dass Nino mit ihm in die Großstadt geht.

Würde Nino gehen?

Es war die Chance, auf die er so lange gewartet hatte. Er musste gehen; sich seinen Traum erfüllen.

Still saßen sie in der Küche beisammen und hingen ihren Gedanken nach, bis Nino sagte:

„Ich werde das Angebot annehmen, das Glück klopft nicht zweimal an dieselbe Tür."

Er hatte seine Entscheidung getroffen.

Am nächsten Morgen schrieb Nino einen Brief an Enrico, in dem er ihm mitteilte, dass er das Angebot gerne annehmen möchte.

Zwei Wochen später hatte Nino die Antwort. Enrico teilte ihm mit, dass er ihn am 20. August um 10.00 Uhr zu Hause abholen würde. Die Tage vergingen schnell. Nino hatte seine Sachen bereits vor die Tür gestellt, denn jeden Moment musste das Auto mit Enrico kommen. Da sahen sie es auch schon. Es hielt genau vor dem Haus. Enrico stieg aus und begrüßte alle, während der Fahrer Ninos Gepäck einlud.

„Dann wollen wir mal", sagte er zu Nino und ging wieder zu seinem Auto.

Nino war es ganz mulmig zumute als er sich jetzt von Sabrina und Mauro verabschieden musste. Sabrina fing schon an zu weinen und auch Mauro und er konnten die Tränen kaum noch herunter schlucken. Schnell ging Nino zu dem wartenden Auto und stieg ein.

Das sie sich für eine lange Zeit nicht wiedersehen würden, ahnte keiner von ihnen.

Der erste Eindruck von der Großstadt war überwältigend für Nino. Die vielen Autos, Menschen die eiligst hin und her liefen, große breite Straßen mit

Ampeln. So etwas hatte er noch nie gesehen und er fühlte sich irgendwie verloren. Enrico hatte ein tolles Haus und Personal. Er bekam ein Zimmer mit Bad nur für sich allein. Alles war sehr luxuriös eingerichtet und er wagte kaum etwas zu berühren. Enrico bemerkte, dass seinem Schützling nicht ganz so wohl in seiner neuen Umgebung war, aber das würde sich mit der Zeit legen. Ihm war es vor Jahren auch nicht anders ergangen. Denn auch er kam aus einem kleinen Dorf in den Bergen.
Alles brauchte seine Zeit.
Gleich am nächsten Tag begann er mit dem Unterricht, denn er wollte Nino fit machen für das große Konzert im kommenden Sommer. Alles, was Rang und Namen hatte würde kommen und vor allem die Presse. Nino sollte

einschlagen, wie eine Rakete; die Welt sollte sich um ihn reißen. Das waren Enricos Pläne, die er aber noch für sich behielt.

So lehrte er Nino, was dieser noch nicht wusste. Viel war es nicht, aber es machte Nino noch perfekter.

Dieser talentierte junge Mann war ein Gottesgeschenk, dachte Enrico bei sich und er würde ihm viel Geld einbringen. Doch Enrico hatte die Rechnung ohne den Wirt gemacht; er sollte sich noch wundern.

Monate vergingen. Nino schrieb fleißig Briefe oder Postkarten an Sabrina und Mauro; ebenso an Soleo und er erhielt immer eine Antwort. Jedes mal, wenn Post von zu Hause kam, überkam ihn das Heimweh. Er vermisste alle so sehr. Hier in der Stadt war er ziemlich isoliert und ihm fehlte auch die

Freiheit. Eigentlich fehlte ihm alles woran sein Herz hing. Sein einziger Trost war seine Mandoline.

Ein Jahr war Nino nun schon hier und der Tag seines ersten großen Auftritts war nahe. Er hatte neue Lieder gelernt und Enrico hatte für ihn ein Repertoire zusammengestellt, dass er spielen sollte. Die Proben liefen ausnahmslos perfekt und in drei Tagen sollte soweit sein.

Die Musikhalle war riesig und bis auf den letzten Platz ausverkauft. Große Plakate hatten Nino angekündigt und die Welt erwartete ihn mit Spannung. Zahlreiche Musik-Journalisten waren anwesend und die Presse ebenfalls.

Nino betrat auf die Bühne und das Publikum applaudierte höflich.

Mit seiner Mandoline in der Hand trat er an das Mikrofon.

Was er nun tat, damit konnte keiner rechnen. Selbst Enrico verschlug es den Atem als Nino sagte:

„Mama, Papa, heute Abend spiele ich nur für euch. Wo immer ihr seid, ich weiß, ihr könnt mich hören. Ich liebe euch und in meinem Herzen seid ihr immer bei mir".

Buh Rufe wurden laut und Unruhe entstand, doch Nino ließ sich davon nicht beirren. Er nahm seine Mandoline und begann zu spielen.

Er spielte das uralte Lied von der Taube und begann zu singen.....

Nein, er war es nicht. Heute Abend war es sein Herz, das spielte und sang; mehr als jemals zuvor.

Im Saal wurde es mucksmäuschenstill.

Wie gebannt saßen die Leute auf ihren Stühlen und lauschten.

Es klang überirdisch schön und es war,

als täte sich der Himmel über ihnen auf. So etwas hatten ergreifendes sie noch nie zuvor gehört.

Nino rührte die Zuhörer zu Tränen und als er endete, sprangen sie von ihren Sitzen und spendeten tosenden Applaus.

Nino verbeugte sich und ging von der Bühne.

Dieses eine Konzert war alle Mühe und die Trennung von zu Hause wert. Er hatte sein Ziel erreicht, mehr wollte er nicht. Sein Traum hatte sich erfüllt.

Es sollte bei diesem einen Konzert bleiben.

Eine erfolgreiche Karriere, von einer Stadt zur anderen oder sogar von einem Land in das andere reisen, das war nichts für ihn. Er brauchte die Beständigkeit.

Nino wollte wieder zurückkehren in

sein Dorf. Dort hin, wo er zu Hause war; bei seiner Familie und den Freunden. Das hatte er sich fest vorgenommen, wenn dieses Konzert ein Erfolg wird.

...und das wurde es!

Am nächsten Tag konnte man es in allen Zeitungen lesen und im Radio wurde das Lied von der Taube rauf und runter gespielt. Sein Name war in aller Munde.

Mehr konnte man nicht erreichen.

Auch, als Enrico ihm das Leben in den schönsten Farben ausmalte, ihn mit dem Geld locken wollte, er blieb bei seinem Entschluss. Noch in derselben Nacht rief er zu Hause an und teilte Sabrina und Mauro mit, dass er so schnell wie möglich nach Hause kommt.

Sabrina und Mauro waren glücklich

über seinen Anruf; Nino hatte ihnen so sehr gefehlt. So stolz sie auch auf ihn und seinen Erfolg waren; glücklich waren sie nicht ohne ihn.

Ihre Gedanken waren immer bei ihm.

Nino schien genauso zu empfinden, denn schon 4 Tage später stand er in der Tür.

Es blieb ihnen nicht viel Zeit mit Nino alleine zu sein, denn seine Rückkehr blieb nicht unbemerkt. Das halbe Dorf schien sich auf den Weg gemacht haben um Nino zu begrüßen.

Nino war glücklich.......

Heimat ist dort, wo das Herz ist: er war endlich wieder daheim.